文学常青藤丛书

吴欣歆
郝建国
主编

徜徉在想象的花园

本册主编　陈达姗　刘中博

副 主 编　曾一鸣　马　芸　朱缘新　陈泽曼

花山文艺出版社

河北·石家庄

图书在版编目（CIP）数据

徜徉在想象的花园 / 陈达姗，刘中博主编. -- 石家庄：花山文艺出版社，2025.1. -- （文学常青藤 / 吴欣歆，郝建国 主编）. -- ISBN 978-7-5511-7407-7

Ⅰ. I217.2

中国国家版本馆CIP数据核字第2024GW4728号

丛 书 名：文学常青藤
主　　编：吴欣歆　郝建国
书　　名：**徜徉在想象的花园**
　　　　　CHANGYANG ZAI XIANGXIANG DE HUAYUAN
本册主编：陈达姗　刘中博

统　　筹：闫韶瑜
责任编辑：李天璐
责任校对：李　伟
美术编辑：陈　淼
出版发行：花山文艺出版社（邮政编码：050061）
　　　　　（河北省石家庄市友谊北大街330号）
销售热线：0311-88643299/96/17
印　　刷：石家庄名伦印刷有限公司
经　　销：新华书店
开　　本：880 毫米×1230 毫米 1/32
印　　张：8.25
字　　数：170千字
版　　次：2025年1月第1版
　　　　　2025年1月第1次印刷
书　　号：ISBN 978-7-5511-7407-7
定　　价：32.00元

总　序

2022 年春节，花山文艺出版社社长、总编辑郝建国打来电话，商量共同策划一套中学生"创意写作"丛书。当时，我正在反思应试作文的正面作用和负面影响，确定了样本校，想做一点儿"破局"的教学实践，目标是使学生在学会写作的一般规则的同时又能够自由表达。恰逢其时、恰逢其人、恰逢其事，一次通话就确定了合作意向、基本方向、大致的工作进程，很是痛快。

但我不想用"创意写作"的概念，因为创意写作是一个成熟的学科，有专门化的人才培养方案，而中学课程方案中没有设置这一学科。早在 1936 年，美国艾奥瓦大学就已经有了创意写作艺术硕士（MFA），此后，艾奥瓦作家工作坊在英语国家广泛推广，继而在全球范围内产生了深远的影响。在我国，2007 年，复旦大学开始招收文学写作专业的硕士研究生，2009 年正式设立了创意写作专业硕士学位点；2011 年，上海大学成立了创意写作创新学科组；2014 年，北京大学中文系成立了创意写作教学团队……据我了解，目前全国有二十所左右的高校招收创意写作专业硕士，课程内容涵盖小说写作、诗歌写作、媒体写作、传记写作等多种文体类型，有明确的培养目标和教学方法。虽然有些中学开设了创意写作的校本课程，但我的目的不在于推广这门课程。我主张用创意写作的学科知识指导中学写作教学的变革，在概念上使用课程文件用语——创意表达。这一想法得到了出版社的支持。

在我看来，所有的写作对学生而言都是创意表达，都需要借助生活经历、语言经验、知识积累、思维能力，把想法变成实际存在的文字，即便是严苛的学术写作，也能够体现出学生的个性特点。对于成长中的学生来说，写作除了具有学习功能、交际功能、研究功能，还有重要的心理建设功能。写作的内核是面对真实的自己，面对真实的情感体验，用文字表达的时间是学生认真面对自己的时间，如果能够自由地表达出自己的想法，就能够很大程度上实现心理重建。

娜妲莉·高柏在《心灵写作》中把写作称作"纸上瑜伽"，她倡导学生每天自由自在地写十五分钟，直接记录脑子里随机出现的词语和句子，记录眼前的事物，记录此时此刻的体验和感受，不管语句是否通顺，内容是否符合逻辑，不管要表达什么主题，就一直写一直写。这样的写作，显然有助于克服书面表达的恐惧与焦虑，有助于克服因为期待完美而导致的写作拖延。学生奋笔疾书之后会有一种释放感，一种绷紧之后的放松感，书写的畅快足以改变不良的心理状态。

写作工坊比较常用的练习方法大多能够引导学生的思维自由延展，比如曼陀罗思维法，又被称为九宫格法，就是将自己的某个观点写在中央的格子里，围绕这个观点进行头脑风暴，将其余八个格子填满，继而再辐射出八个格子，两个轮次的头脑风暴，核心观念迅速衍生出六十四个子观念。 再如第二人称讲述，用"你"开头，写下你看到的、听到的、嗅到的、触摸到的、反映出的、联想到的各种信息，连贯地用文字表达自己真实的见闻与感受。 又如庄慧秋的《写出你的内心戏：60个有趣的心灵写作练习》，提供了六十种开头提示语，其中包括"我喜欢""我讨厌""我热爱""我痛恨"等自我情绪表达的提示语，以及自我形象变形的提示语："如果我是一棵植物，那我就是……""如果我是童话故事中的角色，那我就是……""如果用一幅画来象征我自己，那我就是……"

这些方法都可以在写作教学中运用，帮助学生感受到自由思考的快乐，在相互启发中打开书面表达的广阔世界，帮助他们实现创意表达。

对于中学生的创意表达，我有三点想法。

第一，放松写作体裁限制，用自己的方式记录看到的社会生活，表达真实的情感体验。 中学写作教学存在为体裁找内容的现实问题，学生非常熟悉记叙文、议论文的套路，习惯按照既定体裁框架填充写作内容，这是违反创作规律的。 合理的状态是，学生有见识、有感悟，有表达的目的和对象，为了实现目的寻找合适的表达方式。 体裁可以自由选择，甚至可以自由创造，我们要鼓励学生为自己的内容找到合适的形式。

第二，拓展写作内容边界，在广阔的社会生活中发现写作的内容，探索写作的价值。 美国非虚构作家盖伊·特立斯的作品集《被仰望与被遗忘的》，从微观层面记录了纽约的城市风貌，关注各种人和他们背后的故事：俱乐部门口的擦鞋匠、高级公寓的门卫、公交车司机、大厦清洁工、建筑工人等。

我们要鼓励学生写他们熟悉的、他们经历的、他们知道的，鼓励他们写出自己眼中的世界图景。

第三，重构写作指导模式，建立师生协作的创作团队，形成完善的创作流程。中学写作教学习惯"写前指导"和"写后指导"，写作过程中的指导尚未受到充分关注。Perry-Smith 和 Mannucci 在前人研究的基础上，根据创意过程中不同阶段的需求将创意过程划分为创意产生、创意细化、创意倡导、创意实践四个阶段。学生的初步想法，很多时候是"灵光乍现"，教师要有一套办法组织学生分析原始创意，征集延伸性的内容与想法，整合收集到的信息，帮助学生完成创意的修改、发展，有序完成从创意到作品的实践过程。

《义务教育语文课程标准(2022 年版)》设置了"文学阅读与创意表达"任务群，《普通高中语文课程标准(2017 年版2020 年修订)》设置了"文学阅读与写作"任务群，对学生使用书面语、发展创造力提出了明确的要求。本套书选择的学校大多为区域名校，学生的创作和教师的指导体现出落实课程文件要求的原则与策略，期待能够引领更多学校、更多师生的创意表达。需要说明的是，这些学校的师生不仅重视创意表达，而且极为重视语言运用的规范，他们热爱国家通用语言文字，热爱中华文化，对中华文化的生命力有坚定的信心，他们的创作在弘扬中华优秀传统文化方面，也做出了良好的示范。

2023 年元旦于北京　吴欣歆

序　一

在当下时代，教育体系正在逐步发生改变，从传统的知识灌输转向注重培养创新思维与想象力。作为创新的支撑点，想象力让我们突破现有的框架和限制，探索新的可能性，碰撞出令人惊喜的火花。

华南师大附中以"自华教育"理念为基石，一直以来都致力于为学生们搭建通往无限想象力的桥梁。"自华教育"理念出自苏轼诗句"腹有诗书气自华"，旨在塑造学生三个层面的"自"之品质，即拥有自我赋能的品格、自主学习的能力、自觉兴华的抱负。我们期待，学生们能找到自己的内驱力和兴趣点，具备自学的态度和能力，并将个人的理想追求与国家民族的宏伟目标紧密相连，从而展现华附学子的独特气质。

在"自华教育"理念的指引下，华南师大附中构建了多元、开放、协同的课程体系，以丰富学生的学习经验，培养学生自主成长的能力。此外，我们还通过一系列教育实践活动，如研学夏令营、科技文化节、劳动教育等，推动"自华教育"理念的落地实施。其中，学生们在文学创作上的表现与成果，正是"自华教育"理念落地的最好说明之一。每年秋天，华南师大附中会组织学生到清远市清城区飞来峡镇进行学农实践活动。华附学子在这一活动中体验田间劳作、做家务、支教、课题研究，成就感满满。在作为"立地"课程的学农教育中，学生与真实的农民、真实的土地、真实的乡村建立联系，在俯身田野与仰望苍穹中感受情感的流动与灵感的迸发，在大地上写诗。这样的写作是动人的，是灵动的，是生发自学生的内在自我的。除了学农教育，像"欧洲文学之旅"夏令营研学项目、图书馆"阅读马拉松"活动，也为学生提供了广阔的天地，让学生全身心感受阅读与写作的快乐。

华南师大附中语文科通过丰富的活动与系统性的指导，让阅读和写作成为学生的日常习惯。在每周的常规作业中，学生需要完成一篇生活札记或一篇阅读札记。生活札记鼓励学生"我手写我心"的自由表达，阅读札记则训练学生撰写专业书评的能力。在语文科老师的指导下，歆月诗社、飞絮文学社、国学社等社团汇聚了一批热爱文学与写作的学生。欧洲文学巡礼、品读诗词 读行岭南、品悟历史地理 行吟唐诗宋词、中国现当代文学作品研读、中外短篇小说名篇欣赏等一系列特色选修课程的开设，引导学生研读不同时期的文学经典，提升学生的文学修养。一年一度的课本剧大赛，备受学生的喜爱。华附学子动手将教科书的课文改编成剧本，以惟妙惟肖的表演表达自己对文学经典的多元理解。在这些丰富的活动中，阅读和写作成为一种自发的行为，它承载着学生的好奇心、想象力和表达欲，恰恰是"自我赋能"的表现。

我们相信，教育的本质是相信每个孩子的独特性，成长为独立的有价值的人。 好的教育，应该是让想走的孩子，走得更远；想跑的孩子，跑得更快；想飞的孩子，飞得更高。 我们能够做的，是帮助孩子到达他能去的地方。 我们努力为学生提供大量的、丰富的教育实践活动，正是希望学生能够拥有一手的体验，保留、延长、发展自己的敏锐感受，通过阅读、写作、创意表达的途径，展现自己的思考，成为一个立体的大写的人。 拿到《徜徉在想象的花园》这本作品集，看到华附学子在文学创作上的成果，我倍感骄傲。 在这些没有被标准化压制和湮灭的表达中，我看到了学生们的灵动与深邃。 衷心祝愿，富有创造力与想象力的写作继续在聚清园蓬勃生长。

华南师范大学附属中学校长　姚训琪

序　二

　　作为一名教育工作者，我们深知写作不仅是语言表达的技能，更是一种情感与思想的释放。《徜徉在想象的花园》是一本集合了学生创意与想象力的作品。它不仅仅是一本作文集，更是学生们心灵的花园，在这里，每一朵花、每一片叶子都承载着年轻心灵的思考与梦想。

　　在这本书中，学生们的写作不局限于传统的起承转合，而是自由地表达自己的见解和情感，真实地反映了他们对生活的观察和感悟。他们勇敢地尝试不同的文体和表达方式，从诗歌到小说，从科幻到文体试验，笔触涉及了广阔的领域。这些作品或许稚嫩，但它们展现了学生们对未知世界的好奇和探索精神。通过写作，他们学会了自我反思，学会了与他人交流，学会了面对生活的挑战。

　　作为教师，我们的角色不是简单地教授技巧，更多的是引导和激励。我们鼓励学生们在写作中发现自己的声音，表达自己的个性，用文字构建一个多彩的世界。在这本文集中，我们可以看到每个学生都有无限的创造力和潜力，他们用笔尖触摸生活，用文字绘制梦想，用情感浇灌思想。

本书中的作品虽然风格各异，但都体现了作者们对生活的热爱、对宇宙的敬畏以及对人生哲理的探索。它们共同构成了这本《徜徉在想象的花园》的丰富内涵，让我们在阅读中感受到文字的力量和美的魅力。通过这些作品，我们得以在想象的花园中漫步，体验不同的生活情感，探索生命的意义。最后，我们想对每一位读者说，无论是学生、家长还是同行，让我们一起走进这个想象的花园，感受学生们的文字魅力，体会他们的情感真挚，理解他们的思考深度。这本书不仅是学生们写作成果的展示，更是他们成长足迹的记录。

愿《徜徉在想象的花园》能够激发更多人对写作的热爱，对创意的追求，对自我表达的勇气。

华南师范大学附属中学　陈达姗

目　　录

诗 的 国 度

小 说 世 界

散 文 随 笔

诗 的 国 度

引　言

在这个名为"诗的国度"的篇章里，我们即将启程，探索一个由文字和情感编织的神秘领域。诗歌，作为文学的精髓，以其独有的节奏和韵律，捕捉着人类最深层的情感和最微妙的思绪。这里，每一行诗句都是心灵的抒发，每一次韵脚的跳跃都是情感的释放。

诗歌的力量在于它的纯粹和真实。正如王国维在《人间词话》中所言："境非独谓景物也。喜怒哀乐，亦人心中之一境界。"在这里，我们将遇见各式各样的诗作，它们或许源自作者对生活的深刻洞察，或许源自对自然美景的无限赞叹，又或许是对人生哲理的沉思冥想。无论是哪一种，它们都承载着诗人真挚的情感和对生活的热爱。

在"诗的国度"中，我们鼓励作者以最真挚的情感去创作，不追求华丽的辞藻，而是用朴实无华的语言去表达内心的真实感受。我们相信，只有真情实感的作品，才能触动人心，才能在读者心中留下深刻的印象。正如巴金所说，"我的任何散文里都有我自己"，我们的诗作也将展现出诗人独特的个性和生命体验。

此外，我们也希望读者能够通过阅读这些诗作，开阔自己的视野，增长见识，从而在心灵上得到启迪和滋养。诗歌不仅是艺术的表现形式，也是人类情感和智慧的结晶。在这里，我们期待与每一位读者共同分享这份美好，一起感受诗歌带来的感动和力量。

无　风

◎沈夏宁

一

正午长着一张赤裸的脸。
把土地的外套晾进秋风里
等待第一颗乳齿
脱落。
田垄拱起脊背
像一排被激怒的
问号，钩破夕阳的衣角
——然后徘徊、跌倒
在发动机的轰鸣中
清理嗓子。

二

我像河曲一样突入夜色
被星空从三面包围。

沉默，此刻唯一的光亮
沉默着敲开午夜的门。
钟摆的脚步充满了冰。
喂，上游的牧牛人
到明天有多远？
——我不知道，假如
浮木逆着流水攀升
而我们一动不动
看见远处的山、雾和高塔。
还剩下什么
一次没有太阳的日出
洁白如初冬的雪。

三

我们的道路在日落前分开
然后上下奔跑，直到
土地坍缩成
一个熄灭的烟头，脚印生长成
诗行，串起黄昏的韵脚
直到每家展开
自己的旗帜、炊烟或床单
怀抱花朵的女人打开阳台。
早安，十月的土地
我吻你粗糙的额、干瘪的手

填涂你地图上的空洞

描画你的轨道和阴影。

这正是一颗星球达到永恒的方式。

四

太阳东升，太阳西沉，

我们继续飞奔，飞奔。

夜的眼睛里有

两个人

打着白色灯笼出门。

月，是你蒸发殆尽的脸

闪烁在水的低处。

我无法抓住飞鸟或月亮

或河滩上歇脚的树——

但我不能失去天空

于是洒扫蔚蓝的庭院

年复一年，等一只候鸟

飞回。

指导教师：曾一鸣

诗 两 首

◎沈夏宁

夏 日 女 孩

我看见

当你披上几乎褪色的外衣

从黄昏的草坪里站起

另一个时间开始了

当你快乐地仰起额头

对着风，呼喊我的名字

把我当作一只气球吧

是你的，只是你的

听见那个声音说：

趁我们年轻、美丽、无所不能

抓住我向天空降落吧

到裸体的海边去

到属于诗人的血腥色的海边去

永远，永远是一个深奥的词
最好把生命浪费在上面

祝福你，我的夏日女孩
当你捧着花站在季节的转角
当你跌倒在亚热带的海岸线上
我伤心地吻你
你美好的，给人创伤的眼睛……

烧 太 阳

你戴上燃烧的面纱
说起我听不懂的话。
滚烫的牙齿咀嚼
笔杆、钥匙或别的什么
绝不是一个吻。

在漆黑的牛奶里
我们互相看着
除非瞎了，就要一直
看——互相看着。
太阳在一只眼睛里游泳。
钥匙在一只眼睛里旋转。
扭了一下。影子向后倒去

再扭一下——仍然互相看着。

我：重新认识痛苦
重新痛苦。
从一滴游泳池那样大的泪里
我应当辨认圣母。
那从水底揽住我的
是惊醒的骨头，是悼词
是你摩挲着的绞刑架
守夜人抬起燃烧的帽檐
从高高的岸上向我致意，一次
又一次地。

今夜，今夜要多长有多长。
今夜那么多词语向我聚集
但我并不理解它们。
我醒着，而天空已经移动。
折磨我的是光
是来回拉动黎明的钢锯
在洪水浸没的土地
造一口棺材或方舟
是幽灵的火把探照
空洞的心口
搜寻一把被咀嚼的钥匙。

什么钥匙？

雪花，盲文，一些数字。

把虚无封在两片嘴唇之间。

当我打开那副棺木

下面埋葬着

我们早年见过的天空。

指导教师：曾一鸣

野 马 集

◎莫亦非

"野马也，尘埃也，生物之以息相吹也。"

风

傍晚，风的请求

傍晚的湿度，你穿风衣远行
不含孤独，悲欢和离舍：
雪城墙，跌在湖心的落叶
放歌声，寄往过去的信笺

在尚未脱去稚气的时流里
你会用日记酬答自己吗？
你想要散射的光圈
或是赤诚的相拥？
风会吹散你的步影，而时间

会给你神迹吗？

当单车以不可知的速度
划过斜丘
张角之外，是麦田的镰影
还是协奏的雾气？
是依偎的前行
不再为琐事而哭泣？

爱的旋律可否扎根于轻盈之中
你可会明白呼吸的分量
傍晚的心曲啊，请让我照见
一片紫色的夕阳流光
一如所有自由的灵魂
我爱你
过往的诗以沉重的罗盘
叫我相信
教我寻觅

岁　除

有一颗种子在发芽
如沉默的雷从地心惊起

并不鲜见

欢呼、歌舞和祝福

翻动的桃花、淀粉和酒香

套上寒衣回到镜前

水杯、牙膏和眼镜

攥紧的姿势一如

雕塑家凝视待塑的璞玉

在笨拙地操刀

和犹豫地展翅之间

反复错替

台灯逸出了酣眠

时钟无声地烟响

十、九、八、七

我该拿起笔记录追及的位移

我该拿起笔歌唱将至的邀请

盖棺相携的温度已然镌刻在

掌心当中

四、三、二、一

一颗种子在心底发芽

如罕有的呼唤来自北方旷野

"新——年——快——乐——"

烟火振臂嚷嚷

许愿池簇拥着不同的坐标

"愿一张纸能够负载

整整十八年的亲笔"

"愿一整座深邃的城市能融解

你一波三折的行迹"

"愿凛冽而自由的风吹拂

你我的面庞

环流跌落现实的大地

仍有一分可追可惜"

短暂而长久的永恒

六月童年遗梦

于是我还会梦见空气闷热的下午

信手跨入剑拔弩张的边界

当未来投来惊鸿的一瞥

还有未及惶然的风鸣、细碎的石板路

机械花蕊遗失在苍茫的海

精卫用墨色填平

"比世界更辽阔的前进的心"
仿佛牙牙学语的孩童露齿开怀

向 晚 而 别

好啦，是时候啦
赌徒们清空了实验室的小窝
横空的钩码锋利彻骨
将至的摆锤穿云下落
圈定好千百个沉默的日夜
再看我一眼吧，你说
趁窗外的斜阳漂浮在试管
尚未融解成墨

等待啊，等待我长久的生活
在未枯的池水边新造一番
苍翠的绿荫
我的命运啊！我不再向你祈求更多花环
更多绰绰幻影
纸屑作蝶晚风作舟
我只愿长长久久地昂首
我只和我应得的时光赤诚相拥
梦里燃起的甘甜就当留在梦里
哪怕凛风一次次将你掀起、吹熄

指导教师：陈达姗

又见四月七日

◎孙可嘉

亲爱的玛丽，我们多么草率地就把自己

交付给了这个雨季

我们甚至没有找一个阳光明媚的春日

把将来的痛苦逐一预习

就走进去

你说你有压抑的爱

但连在雨里我都再也不可能完整

我再倒扣两千个瓶盖

新的天才在故作矜持的伫望里不死长生

就让比我快乐的人

过上更幸福的生活

那猎猎的飞旗

不过是一种水声

太阳的光影

在防止你纵身一跃的横梁上飞奔

你压抑了太久的欲望

不过是洇成脸上的水痕

把花蕊打开又怎么样呢

你在它腐烂之前就滑倒

你要倒着看这个世界

在它俯身之前俯身

我的句子是最浅显的

我在两个句子之间卖身

我的心在罅隙之间晒干了

我在春天的音乐里向阳光上升

今夜，每个人都抛弃了生活的标语

没有幸福可复习，我们多么幸运地就把自己

交付给了比春天更大的词句

我们应该找一个阳光明媚的春日

把将来的痛苦都逐一预习

而不是还没来得及学会仿写

就不知不觉地走了进去

指导教师：刘中博

七 月

◎岳皓元

一

太阳挂在天上

杨树的影子刺进墙里
平原上的石头房子
缓慢地呼吸

总是这样
月亮升起来以后
太阳就落下去了
夏天就要过去
因而秋天要来
天空高远

大风穿过村庄

打井的人在井里打水

幽深的天空张开嘴

流淌出漫长的世纪

人群在大地上居住

或者历史

二

我不知道从什么说起

像黄昏里一辆窒息的老自行车

昨天夜里忽然刮起干燥的大风

天气晴朗

故乡的墓地上满天星光

而你的眼睛

——你的或我的忧伤的眼睛

总让我想起

夜里田野尽头驶过的火车

在北方

边跑边种下杨树的时候

指导教师：马　芸

十　月

◎岳皓元

一

乘一辆红色的轿车坠入

淡蓝色雾霭里发酵的暮色

黏稠的热风里点一排

溺水者的红灯

轰鸣声中近乎诡异的纵深感里我看见

悲壮的塔吊和

古老夕阳下沉默的塔尖

落日像一只满载哮喘的卡车没入

地平线

二

一座阶梯铺就的城市

深蓝的暮色在雨后艰难地呼吸

我看见马路对面的高楼撑起一把
漆黑的破伞

我的脸黝黑而沉默
一如暴雨中枯萎的樟树枝
而手掌停靠在栏杆上就像
因潮湿而发臭的鞋袜靠在墙边

                    指导教师：马　芸

日　记

◎岳皓元

一

迷蒙的城市

春雨里空蒙而迷茫的城市

在三月里生长　腐烂　准备发芽

樟树如一个脱发的中年男人站在雨里

叶子眼泪般掉

夜里半空中高悬红色灯火

我身上没有年龄的雾霭

埋进孤独而深黑的夜里

虚度的日子被我写进本子里撕碎

没有风声的夜里它们静默得就像

春天的山坡上一群滚落的绵羊

二

"二加二等于五

"我看不清那些凝固的
夜空中火红而滚烫的词语——
用我升腾着蒸汽的心脏或大脑
当我正头痛
当我正把自己在夜里捆好
这样的时候我甚至不企盼日出

"我想我记得那是在很早之前
那时春天温暖　冬天寒冷
世界看起来欣欣向荣　动人优美
像早春阳光强烈的大街
街边的花坛上正开着忍冬花
下雨的日子里被子蜷在床角
房间里灯火明亮　毛巾挂在门后
等着我抹脸

"然而这样的时间
这样沉默而明亮的时间
沉默、颤抖而遥远的时间
总是让我想起我的双手

曾如抚摩我月光下的身体一般抚过

我的生活　　然后说服自己睡去

好在第二天醒来"

三

可悲的夜行人死去了

更可悲的是他的诗还活着

时间——老旧电线般缠绕的

时间——我们的生活在上面游走如雨水

今夜茫茫的诗句和鬼魂

在空气中旋转

今夜窗外暴雨挤压车棚的声音

花朵枯萎的声音　　落叶腐烂的声音

栽在庭院里的尸体发芽的声音

今夜的雨中充满声音

可我听不清

四

我点起一个火把　　火舌灼伤我

一座青铜在火光里炯炯

没有了手臂也没有了嘴唇

在故乡或别的地方

无数的日子在我的身体里疯长

我宣布大地上的人群全部幸福而完整
没有人在此热烈燃烧的时刻不幸或死亡
或是踏着原野上夜晚巨大的尸体
从明天开始醒于一个壮丽的黎明

炫目的火焰依然在水上生长
——我看见塞满瞳仁的太阳　原始的
太阳　而不是其他
任何一颗晨星——
我于是仿佛于今晨忽然拥有
赞美太阳和人类的无限特权

指导教师：陈泽曼

天 空 琐 记

◎莫亦非

我早该以此开始：天空。

一扇窗减去窗台，减去窗框，减去窗玻璃。

一个开口，不过如此，

开得大大的。

念你的名字

念你的名字　念着你

一次　两次

当呼吸梗在胸怀

当心跳打乱了节拍

你听　它借来了你的双翅

嘟起嘴唇　吹熄无声的口哨

由运动员的四百米跑道穿行

越过小提琴颤动的奏鸣曲

念你的名字　就当和岁月擦肩

日记本的只言片语

假扮你的容颜

以夏日的瞳孔　睡美人的酣眠

请让我回忆　执笔如同武器

小说泛黄的结局　诗歌生锈的凸起

"未来很大"　你的叹息滴水成冰

擦肩而过的不仅是回忆

是韵律淡于字迹

是你的变形

我念着你　即使再无回音

没有你　判罪也只能是我自己

以原野上苍茫的风　以月色长明

"有翼飞翔　无心凄惶"

把有情人放逐出你的领地

请让我记得你　以笔画和标点之名

请让我奔赴辽阔吧　请你

用借来的温暖　和失却的武器

我念着你的名字　页码从封底跃起

我念着你的名字　一滴水在太平洋里逆行

一如逃离　一如用解剖刀

编织盛大的梦境

六月末旬

六月是失去的季节

盛夏的残忍胜于寒冬　暴雨千钧

朝点点墨迹迫近

以无可辩驳的嗓音诱惑

情书　耳语

抛向更盛大　也更荒芜的日记

天空凝固了　高楼远望的姿势

网球拍半垂　夜风挂在胸襟

你只是抬起头　吹起雷声

随后雨起　随后雨停

随后一只蝴蝶　独火划过乌云

我只是蹚进你暂时的梦里

用一只手　捧起你如月的包裹

只是扯下双颊的记忆符咒

接着爱上这半途的呼吸

如同运动员蹒跚　擂鼓胜于情欲

如同一朵泡沫　被新升的阳光吹起

永恒正抽丝剥茧

嘘……

听

而明天　将又是一场欢颜

用冰冰凉的指尖

触碰一个湿漉漉的雨夜

盛夏不死　我最后一次振臂　高呼

一个人的吟唱　一颗心的流浪

箴言在咽下烧干　失色的翡冷翠

沉默

我愿打湿墙上的月轮　散作眨眼的纸屑

长长久久地低首

祈祷

在青灯下听不眠的雨　写着没有落款的信

七月相隔遥远，无情可叙

你手中落满

我紫罗兰的忧伤回忆

长长的老街上，天空

的马抛下一截日晷

拂去漫溯的灰尘

让孩子们袖手伫立　如林荫

沉默了竖琴

你眼前填满

我蒲公英的迷醉时辰

漫游者五指划过一朵

月光，地平线在胸膛盛放

泪水尚未凝固

当城市萃取了金色　拥抱

投影在未眠的星火中

那就让风的吻将你拉扯进

新荷四月

光影中闪现，在短梦关闭以前

可是

醒来的我交换双目贫瘠

如架空的桥墩

未曾深耕一平方米的黄昏

跌落的我如几串

曾经无拘无束的数字

涂抹黑夜落幕的沙池

（如一种潦草的修辞

当已谙熟变形的韵脚

是否还能在败絮中拼凑

一枚惊叹号）

跳伞：

耳边流逝的风声

随我埋在岁月呼吸里

未及永恒的是你　曾蹚过一整场

日出神迹

赐我满心

赐我呼吸的遗迹

八　月　阙　如

是什么让你轻盈如秋季的绵雨

每天积蓄着流不尽的记忆

是什么让你午后的艳阳　罕见地

吹拂我私语的衣襟

（广州的八月　第一次遥望着

向北的步迹　立秋的走廊里

润湿了光的和音）

认真地，我想

我喜欢你

半梦不醒的黄色秋雨

池上池下踏遍深浅的脚印

只有蜗居能让我靠近侧颜的你

一盏灯倾倒　如心的天平

如流云　迫切着自由地辗转

独自翻动月色的床单

（冷清的火山岩切割

我曾将天空染紫　如同爱情）

测核酸的人群像潜水艇

一条长蛇的倒影

小孩子向后与沉默相迎

扎辫子的艺术家检视着手中

发热的仪器

他们在期待什么呢？

在地坛里第一朵欲落的秋叶

拓印一道道难溶的纹理

九月夜和音

现在是深夜十二点，广州在漫长的怀抱里

安眠

在存放时钟的边境，你漫溯童年

音乐会门票倒影阳光和蝴蝶

边缘皱起，是玫瑰雨燃烧的灰烬

一支秃笔在墙上书写：
遗忘症患者的精神危机
咀嚼词眼如同咀嚼笔
观测向后运动的心，融进背景
梦境之海，等待降落的判决

若说你记得孩子的天真
未免只是信里的小小托词
在证人席上，审判者安插
过去的面孔，如同在角落生长的
洪流，让惯性发言，让诗神费力地
作结，让生活敲响铁锥
由床枕一直陷入很深，很深的纺锤

其实
你知道花开是为了干涸，风起是为了遗落
拥有交换了如夜的沉默
冷面的闹钟，是否以旋律之名
镂空的合唱室，是否久久失语
其实只是不愿承认，身影
一半溶解
一半搁浅在嶙峋的岸边

醒后，将首先拥抱

天花板的灰尘

狭缝里平添起伏的时辰

曾经的过敏者揉着纸团

最后的红色，是喷嚏

嘘的一声

十月如歌伫立

时间的层峦里，请你听诗的回音：

晴空在出没，辽远而沉闷的

黄色流云，簇拥在我胸口上

一种静谧至底的重量

忐忑的秋将至未至

在门卫的余光边徘徊

最后一次了，竞走胜似追逐

最后一次了，用风唤以问候

你说，你说

在游泳馆前蒸发的浴液

酝酿着傍晚酒红色的雨

泳装如同向遥远的童年返璞

水的波纹如同夏日爱抚

最后一次了，挽住你寒凉的手

泅过这散落的日子中

每一个分子都在扩张

洗脱腔体的炎、嗓音的痒

最后一次了，记住你仓促的降落

挣扎的展臂，摇晃的跃起

滚烫的灵魂烧向寒冬

他们赋予你青春的尾声

如同赋予爱吐纳的韵脚

齿轮，交继

雨湿润的糊涂枕边

是透明的回忆水晶

十月送走了欢呼沿岸

送走了烘焙师指间的梦

时序的山谷

将岁末的繁华留给岁初凋零

惆怅的孩子啊

你要放歌，你要燃起眼泪的火

给它取温暖的名字，直到被季节吹熄

漂泊的远客啊

你是断线的风筝，在流星退隐的

蛮荒年代，请用笔瞄准你的大地

请听，流水是微颤的旋律

它在爬上岸时搅动和音

它在秋日雾气中乔装叮咛

在远行的日子里，我用诗句

为你移译

合掌的双翅，眷恋的心

我愿你记得写作的复仇

绚丽于十月末的赤红

哪怕是鹏鸟丰收，是寂寥的南冥

最后一次了，独自听桥顶车水

最后一次了，乘光至月色欲滴

你说，你说！

在我空流的岁月里

如歌伫立

指导教师：曾一鸣

写给旷野的第一首诗

◎刘珫慧

风声翻滚在我的鼻尖
谁来聆听它的诉说？
温柔的沼泽里生长出粉色的波涛
爱意或是恨意，悲剧与喜剧都如
一片拉满了灰度的叶
吃下败仗

白昼还是夜晚
这里没有宇宙，没有金星，地球是
闪耀中的趔趄
如何挖掘出外星人的骸骨
如何使用琥珀制成的罗盘
如何观察阿波罗
拽动海岸线吧！
网起长达数千光年的
点缀着蜘蛛的龙卷风，让枯草如影随形

撕碎眼睛的脉络

我艰难地投掷出一朵向日葵

它敲打重力，毫无意义地

沿着漆黑的江水与长川

飞奔，再吃下所有云朵

吃下色彩王子的何首乌

吃下跌宕起伏的红线，或是蓝线

啼哭！

剪断土地和群山，

剪碎我左鬓边的最后一根黑发

如闪电般给予痛觉

一种来自遥远星际的呼唤，

再次和暴风一起

时隐时现

直到跌落

我思考我的命题

关于心脏与我对峙

关于不久的将来，不久的以前

关于曾经亲吻过我的旷野

不生一木一花的枯草

无人杀死我的新娘

颤动的数字化为色块，下棋、弹唱

一记华丽的尖刃

剜去我所有的耳膜，无人遮挡

一支焦黄色蝌蚪的小曲

还是静坐，忍受乌鸦

刺痛我的鹿角

不结一颗樱桃

树木的年轮完成了它的使命

在崭新的夏天睡去

留给嫩芽唱下一个秋天的情诗，拔去竹子

再温软地击灭

我从未安稳的

婴儿般的蹲坐、

蹲坐。

指导教师：陈泽曼

她

◎刘珑慧

挣破了地平线

踏着飞鱼的尾巴奔来

发梢挂着青涩的泪珠

耳边坠着绚丽的霞彩

来自遥远的过去和将来

她的容颜

千年未改

她也许是海洋的化身

手挽缀满珍珠的花蕾

她有坚定的步伐、弹跳的衣角

在忙着寻找

失落的笔帽

和春天海浪的第一声心跳

她也许是群山的女儿

鬓插炎炎夏日的蝉鸣

满怀对年轮和触角的好奇

静听翅膀与鳞片的声息

她细数星辰的纹理

月亮的墨汁

涂抹出她如骏马般矫健的身影

土地和森林

是她要阅读的书籍

大地

佩戴着轻熟的面具

将瓜果的芬芳托举

秋雨，甘霖

脚印吹拂清风

她立起疲惫而炽热的手指

挥舞无名的锦旗

她也许是天空

云朵间纷飞的蜡梅

是刚展开裙摆的雪花

她身披薄纱

却无惧风雪与冬的惊雷

手执金色的画笔

重重勾勒出一朵

风暴中的玫瑰

她是浅的红

她是嫩的黄

她是亮的青

她是清澈眼眸和年轻心脏的总和

她是永远美丽的岁月

是时间长河底部

轻颤不止的歌

指导教师：陈泽曼

诗　组

◎金子轩

圆 月 之 夜

永恒的未知之境

悬挂在漆黑的波浪上方

金色的道路在风中摇曳

是通往彼岸的浮桥

千万只白色触手袭上海滩

随即在空中破碎为

万千泡影

指引潮汐前进的是

六月十七的月光

后退的冰冷带走了脚下的泥沙

与寂静的星空一起

隐没于深蓝色的皱纹里

反复是海浪的诗歌

交错的水流拍击礁石

空无一人

夜曲是大海的呼吸

当汽笛驶入港湾

海鸥指引人们走入梦乡

我将灵魂投向天空

祈祷海浪带走

沙滩上的名字

随摇摆的时钟

流向夜空中水天交际处

永恒黑暗的一角

青 藏 高 原

静止的和非静止的

流动

在无边的天穹下

在高原的风里

透出生命气息的空气

运动

在永恒的云朵下

在厚重的土上

时间慢慢走着
吹起土地上的尘土
看不见的河流在滚滚向前
在脚下透明的天空里

离别与前行

天空和楼房镶嵌在玻璃之中
像一幅粗糙的油画
静止的时间被框在窗户里
是太阳让生命呼吸

下午三点
无声的风滑过棕榈叶
床上的影子在游神
一次无目的旅行

离别的思绪在闪烁
如同墙壁上跳动的指针
回忆是角落里的一卷胶带
此刻
是电影落幕后的散会

情绪在浑浊的空气中沉浮
映在双眼中的只有那
汹涌的旋涡
在雾中前行，
镜中的面庞已渐渐模糊

乐曲中的错音
（我可以遗忘吗？）
伫立在天空
我失去了一切方向

前进吧
在冰雪下的灰夜里
当脚步穿越北境
荣与辱沉迷于破碎的冰河
是海面上初升的太阳
奏鸣了十万只金喇叭

让回忆如碎片在风中飞舞
在光芒中闪耀的是
大理石上未曾褪色的誓言

北　京

燃烧的云
飞机在降落
落入灯火的夜

霓虹灯闪烁在天花板的黑暗里
窗外是车流的呼啸
一个狭小的睡眠空间

古老的沉思镌刻在裸露的砖块上
树冠的阴影里找不到文字中的脚步
我们在追忆一个早已毁灭的场景
但秘密藏在树木的每一道年轮里

当城墙倒塌
我们在找寻什么？
是破碎的每一块瓷砖
编织了名为历史的故事

日　出

城市在雾里沉默

于太阳隐没在海平面下的时刻
黑夜悬挂在头顶
被大海所遗弃的生命
在等待日出

海风吹散了鼓声
向后运动
暮晓的光蛰伏在云层的深处

一只红色的眼在海面上空睁开
在重重的雾里
光线一步一步从天际爬上浪花

海水在渐变中走上浮桥
静默的城市
在等待海鸥召唤新的时间

当金光从云层涌上堤岸
一瞬间仿佛海风敲响了
古老的钟声

生命在阳光下褪去了阴影
海鸥在啼鸣
时间解开了大地的黑暗

一幅只有表面的画

骤雨前的夜晚我看见一幅只有表面的画
在空气之中飘浮，失去了音乐的隐喻

你可以想象窗外的欢快躁动光线
在太阳的阴影里，我的眼睛被连续不断的文字提起
有时候黑暗在陌生地快速移动
而白天的感触只像流水溶解在清晨的雾里

在雨水的间隙里你能找到孤独
这时寒冷会像光线一样膨胀——
你会落入一个无限远的空间，那里真实被掩盖在谎言的幕布后
在一次胃部抽动后
意识的感知在黑暗里渐渐模糊
像盲人的双眼

能感受到呼吸的痛苦是一种幸福
但双眼常被混沌的黑暗笼罩
雨声之中
城市灯光编织成一幅只有表面的画

天空交响曲

云漫上了天际

无规则的膨胀，白云吞噬天幕

高楼静默在无声的空气里

微风

专注地游神

电线插入天空

锈败与永恒相衬

云的痕迹是自然的指纹

蓝色的雾淹没了形状

直升机与飞鸟一同归巢

天空的瓷砖脱落，露出

黑旧的墙皮

晚霞的颜色浮现在淡蓝天际

如一道海上的虹

当最后的乐章响起

光芒穿越了云层

乌云包裹着白芒

雨　夜

身体笼罩在钢铁的阴影里

风扇的嗡鸣在黑暗中永不停息

无边的空虚漫上我的床铺

黑夜随时间流过窗沿

我拿什么填满自己

雨是铁锈的味道

飘落大地

混着工地扬起的灰尘与污浊

天空总是泛着灰色

楼房笼罩在不透明的雾里

雨很细

没有水珠敲击地面

只有轮胎摩擦地面的嘈杂没入灯红酒绿的喧嚣

车厢的灯光是明亮的惨白

摩肩接踵

没有呼吸的空间

隧道的光芒在车窗里闪烁着

一切随摇晃渐渐走向模糊

眩晕

分不清前进的方向

分不清存在与虚无的界限

我仿佛置身如空白屏幕般灰寂的天空

逐渐失去肉体与灵魂

夜落了

无尽的雨声回响在空间里

晚风吹不走炎热的闷湿

黑暗与潮湿覆满身体

细雨敲击大地

我在六月的雨季渐渐腐烂

指导教师：陈达姗

流　淌

◎林奕安

笔尖触碰纸张

浓墨延伸——流淌——

化作溪水蜿蜒

流过战火，流过辉煌，流过历史漫漫

浸润着一代代读书人的理想

笔尖的浓墨

蜿蜒着

流过

流过李白九州一色的霜

流过东坡锦帽貂裘的狂放

笔尖的浓墨

蜿蜒着

流过

流过对祖国爱得深沉的泪

流过盛满盈盈月色的荷塘

笔尖的浓墨

蜿蜒着

流过

流过孤独之旅中摇摆的芦苇荡

流过黄土高原上曝晒着的红高粱

笔尖的浓墨

蜿蜒着

流过

流过今日校园里窗明几净的书房

流过代代学子腕底写下的誓言铿锵

笔尖触碰纸张，

浓墨延伸——流淌——

笔画是滥觞于历史深处的溪流

汇成纵横的百川

争涌地流入文化的海洋

就像

少年们源自四面八方

却相遇聚情

在校园里积蓄起文化奔腾的力量

浓墨仍存暗香

聚清墨韵悠长

指导教师：朱缘新

望海潮·广州

◎陈嘉恒

华南雄郡，丝绸都会，穗城自古繁华。赤棉云山，腾龙凤舞，云销雨霁，悠追春水闲鸭。

嘉木揽柔纱，布衣觅时利，富贵无涯，何慕琼瑜？驭一骏马，浪淘沙。

郁江恢宏清佳，有五羊庇护，百越霄霞。芳紫适离，鸣蝉携暑，抱香荔话闺芽。

秋水迁秋蛙，鸿鹄南翱家。暖冬微白，又待明朝好景，归去似飞花。

指导教师：朱缘新

望海潮·喀喇昆仑

◎邓芷莹

西南边境，多国接壤，黑水自古荒凉。雪掩砚铁，塌岩峭壁，难生些许堂皇。峰顶破云网，暴雪煞万物，变化非常。狼子野心，重重险境黯星芒。

黑云压水信难及，有征人忘死，猎火狼山。血色堆积，英雄屹立，丹心血债不可弭。老丧不凡子，新烧黄钱纸，痛有谁知？寸土山河不让，远志立难移。

指导教师：朱缘新

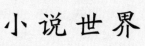

小说世界

引　言

　　欢迎来到"小说世界"，一个充满无限可能和丰富想象的领域。在这里，我们将通过一系列精彩纷呈的故事，带领读者体验不同的人生，探索多样的世界。小说，作为一种叙事艺术，它以细腻的笔触描绘人物，以曲折的情节吸引读者，以深刻的主题引发思考。

　　在这个世界里，我们的小说或许没有惊天动地的宏大叙事，但我们注重的是对人物内心世界的深入挖掘，对日常生活细节的真实再现。我们相信，正是这些看似平凡的人物和事件，构成了我们生活的底色，反映了社会的多样性和复杂性。

　　正如引言中所述，优秀的小说大多抒写作者对人生与社会真实的感悟。因此，在我们的小说世界中，我们鼓励作者走出课堂，走出校门，走向大自然，走向现实，去开阔眼界，增长见识，去真心感悟，真心记录。我们希望作者能够用真情和心血去浇灌作品，让作品焕发出生机和活力。

同时，我们也期待读者能够通过阅读这些小说，获得心灵的共鸣，思想的启迪。我们相信，阅读不仅是获取知识的方式，更是一种精神的享受，一种对生活的深刻体验。在这里，每一部小说都是一个独立的世界，等待你去探索，去发现。

染 色 剂

◎覃兰淇

　　走在上班的路上时，马诺罗习惯般地抬头看向天空。不出所料，又是一个阴天。密布的云层同夏夜里的厚被子般盖向大地，清爽的蓝天向闷热的世界妥协，躲在了人们看不到的地方，只留下了属于乌云的团团灰黑。远眺，工厂的黑烟正徐徐升起，单调的灰白黑随风染入城市，眼前的一切便仿佛化为了劣质的黑白电影，无趣之外别无其他。

　　马诺罗伸手抹向额头上的汗，又低下头来无奈地叹了口气。工资、房租、家庭……他的生活就如一幅平庸的灰底画，点上无数不协调的黑色墨痕。工厂近来的经销情况如眼前天气般惹人心烦；孩子们整天吵吵嚷嚷，像讨厌故事中的反派那样讨厌这终日无阳的天气；植物同样敏锐，由于缺少阳光的抚育，它们已奄拉下叶子失去了生机，绿色也褪成了无精打采的黄。

　　马诺罗仍在不停地走着，仿佛自身因黑烟沾染而变得无知觉起来。他的日子总是如此：上工、做工、收工，生活就如流水线般机械地运作。不知不觉一天过去，他走在下班归家的路上时，眼前之景依旧没有丝毫改变。厚密的乌云仍盘踞于头顶，城市灰白的楼房一如既往排列着，就仿佛世间的单调具有持续性。

马诺罗就只是这样走着，朝家的方向走去，无心再去顾念这黑白的世界。或是说，他早已习惯了这黑白的世界。

他甚至没有发现某个不起眼的人在他的手中塞了一张广告。

孩子们的吵闹声将小憩的马诺罗惊醒。他走到狭小的院子中，发现迭戈和巴科正凑在一张彩纸前，眼中闪闪发光。

"爸爸快看！"年幼一些的巴科抢先开口，"慕提克勒公司的最新产品染色剂，说是可以将任意物品染成彩色，看起来好神奇啊——"

"而且一旦喷上，若不是恶意毁坏，几个月内都不会褪色。"迭戈叉着腰挺起胸来，仿佛自己是正在发布重要律令的皇帝，"我说，如果我们买几罐回来把我们的房子染成彩色，该多有意思啊！"

"光染我们的不够哩！想想看，有了染色剂，我们甚至可以把整个街道，不，整个城市都染成彩色——多酷啊，不是吗？"

马诺罗无奈地看着两个正在天马行空的孩子。他脑海中浮现空瘪的钱包，思考着如何拒绝，思绪却被巴科的声音打断："爸爸，我总是听见你在谈论生活。你说，生活也可以被染成彩色吗？"

马诺罗心头久违地一颤。他不由自主地看向孩子们。他们同往日一样望着天空，眼里却并非乌云或阴霾的灰黑色，而是装满了仿佛澄澈蓝天般的好奇与向往。他眨眨眼睛，不禁脱口而出："如果你们想的话，我们可以试试看。"

好不容易熬到了工厂的休息日。马诺罗一早出发，手提铁具、小桶与透明喷剂瓶走向郊区。

也许是平日眼前的灰白楼房全部从视野中消失的缘故，马诺罗感到了久违的惬意。他迈着与往日不同的轻快步伐极目远眺，找寻着原野上的花与草。待收集到一定数目时，他用铁具捣碎花瓣与草叶，又将不同颜色的植物汁液装入喷剂瓶中。

云层中穿过几缕光线，照在五彩的喷剂瓶上，折射出斑斓的光辉。多日以来，这是马诺罗第一次真正见到鲜艳的色彩。

回到家中，他向孩子们举起手中的喷剂瓶，以近乎自豪的语气说："这是慕提克勒公司的最新款产品——纳图拉尔染色剂。"

再次走在上班的路上时，马诺罗又一次抬头看向天空。不出所料，仍然是乌云密布。但这一回，他至少能够回头看看自家房子的外墙——低矮的房子本毫不起眼，却被孩子们的涂鸦染成鲜明的彩色，在由灰白构筑的城市中显得尤为亮眼起来。马诺罗继续向前走着，与往常不同的是，他生出了环顾四周的兴趣。

令他惊讶的是，变成彩色的事物不只是他家的房子。远处本是深灰色的房檐不知为何变得橙红，庭院的围墙上被好几层颜色覆盖，同大艺术家最新创作的油画那般引人注目。就连城市设施都变了样：路灯杆上喷着的彩漆似乎还未干透，鸟儿从上面飞走时，脚底似乎沾了一层鲜亮的颜色；路牌由千篇一律的黑白变成了五颜六色的点彩画派作品，平日里匆匆走过的行人都不禁驻足，细细赏看。

马诺罗在垃圾箱边发现了好几罐慕提克勒牌染色剂。他微笑着向前走去，步子比往日要轻快许多。

即使工厂的烟囱里仍升起滚滚黑烟，警察拿着大罐大罐的灰白油漆在街道上喷洒，也无法阻挡拥有染色剂的居民们。不足一周，城市就如同华丽变身的灰姑娘般，由单调的黑白灰变得七彩纷呈。马诺罗暗自高兴着，仿佛自己已由置身黑白电影的路人甲变成了彩色群像剧的主人公。

然而，不合时宜的流言却在此时从四处的街角散出。

"染色剂价格飞涨，原因疑似为出品商家采取新型营销手段""城市风貌大变，引起上级政府部门重视"……要说对流言置若罔闻，马诺罗承认自己做不到。好在眼前不再灰白的城市仍能安抚他内心的疑虑，自家孩子们脸上的笑容就更是如此。

迭戈和巴科已不再因乌云密布的天气而烦恼。他们总是举着马诺罗亲手制作的染色剂绕着房屋来回奔跑，往墙上随心喷涂各式各样的图案与色彩。七彩的图画化作笑声与歌谣，随风飘扬在城市上空。就连内心曾如黑白画般单调的马诺罗，都几乎能够因此微笑起来。

不过，即便这样想着，马诺罗还是会在上班的途中怀着几分担忧的心情望向天空。乌云仍然没能飘走，反倒因堆积而更加厚重起来。黑烟直冲云霄，如怪兽般从空中愤怒地俯瞰着城市，仿佛下一刻就要摧毁这人造的多彩，让城市再现黑白灰的原型。

与此同时，警车在城市中啸鸣，政府工作人员朝着墙上的涂鸦指指点点；企业家们愤愤不平地谈论着染色剂的热销，虚情假意的客套话也掩饰不住语气中的嫉妒。对非获利者们来说，接下来应该怎么做？没有人明说，但问出这个问题的所有人都知道答案。

马诺罗显然并不知晓这么多。他只是望着眼前密布的乌云。然而，即使天气无比闷热，不由自主地，他打了个寒噤。

闪电划过零点的夜空，轰隆隆的雷声从空中传来。噼里啪啦的雨点如子弹般击打着玻璃与房顶，接连不断的水珠划过墙壁与路牌，遭受冲刷的，正是多天以来由染色剂筑成的多彩幻梦。

骤雨终于降临在城市上空。

走在上班的路上，马诺罗再一次——也许是最后一次——习惯般地抬头看向天空。与以往任何一次不同，阳光终于洒向大地。

然而就在此时，随着比以往更为震耳欲聋的轰鸣声，滚滚的黑烟从工厂里垂直喷向上空。澄澈的蓝天就这样被灰黑的颗粒所掩盖。再看向前方的城市，染色剂的涂鸦统统被暴雨冲刷得一干二净，留下来的，只有黑白灰三色的重复交映。

城市重新变成了单调的黑白电影。马诺罗一如既往地不停走着，心中的平静既是意料之外，又在情理之中。也许生活的本质就是如此，他看着眼前重归黑白的城市无奈地想，以为自己明白了些什么。

然而，不知为何，他又不由自主地回头望去。眼前，阳光终于有勇气钻过黑烟与雾气，洒向他家房子的围墙。此时，他突然看清——也终于能够看清——即使大雨冲刷，自家孩子们的亲手涂鸦仍奇迹般地存留在墙上，与未干的雨滴共同接受阳光的洗礼。

马诺罗发自内心地微笑起来，在这黑白的世界中，他终究寻觅到了独一无二的色彩。此刻，在他眼前，由染色剂喷洒而成的图画正如孩子们的笑容般，在阳光下映照出多彩的光辉。

指导教师：陈泽曼

某　天

◎沈夏宁

一

有一天，我决定要给玛丽写些什么。我坐在江边，望着污浊的夏日天空一点点下陷，越缩越小，像用废的报纸，被一只大手粗暴地揉成一团，扔进废纸篓。日子一页页地被同一只手撕去了，荒废了。我清楚地看见，这只手是属于玛丽的。

现在，我试着回忆玛丽指甲油的颜色。我试着回忆那双手翻动书页的柔软声响，她咬住拇指第一个指节的紧张表情，她用手遮我的眼睛，拨乱我的头发，攥紧我的手指，戒指沉甸甸地卡在指节间。她是那么爱笑的一个人，我喜欢她的笑声，也喜欢她抿成直线的嘴唇。

我决定要给玛丽写些什么。这个想法最初诞生于一节没带泳镜的体育课，我抱着换洗衣物坐在角落，昏昏欲睡，日光穿过屋顶的缝隙形成一道鲜明的帘幕，我看见少女赤裸光洁的背，水花快乐地扬过她们的脸，想起玛丽曾为我写的长长的情书，里面提到游泳，提到岛屿和飞机，一整片海洋向你飞扑而来；就像从扶梯顶部跌落的第一秒，最先感受到的不是恐惧，而是狂喜。你知道，坠落的美使你通向永恒。不必做任何事，我说，你已经在我的爱里成为永恒了。

<h2 style="text-align:center">二</h2>

玛丽坐在我左边，机械地嚼着口香糖，侧脸一动一动的，有种安定又寂寞的神情。她戴了耳机，一目十行地读地理杂志，每次翻页都把声音弄得很响，好像在示威。MP3 里是一首我没有听过名字的歌。

她面无表情时看起来太严肃了。我想说点儿什么，但我并不是个擅长讲笑话的人。

我继续写练习卷，被最后一道题卡了二十分钟，抬头时发现图书馆的人要走光了。她的外套仍然松松垮垮地搭在椅背上，我帮她拿起来，顺便扫了眼杂志，右上角的配图仍然是荷兰的郁金香地，一页也没翻。我立刻想到那场著名的泡沫危机，发现自己还没把初中知识忘光，低头时她已经合上了杂志。

"走吧。"她说。我们一前一后走出图书馆，中途一句话也没有说。天空蓝得非同寻常，塑胶跑道灼烧的味道隐隐传来，我感到手和脚像冰激凌一样融化了。上楼梯时，我努力调整步伐和呼吸的节奏，以免下一秒哭出声来。她飞快地向我瞟了一眼，仿佛想说什么，又没有下定决心。

最后她抱怨天气实在太热了。"每天都要洗头。"她把刘海儿往后捋，露出布满汗水的前额，以证明这是真的。我想起高考留言板上那句"逃离亚热带"，因为怕她看出我在哭，所以没有说话，低头数楼梯的阶数。此时我注意到，她的鞋尖有一块明显的污渍，不知道是油漆还是霉点。她渐渐对谈话感到无聊了，于是越走越快，好像要挣脱某根令人尴尬的线。但又不想太明显，于是走三步就停一下，越过肩膀看我一眼。

我继续数着台阶。我对自己说，让我们去一座海边小镇，全年最高温度不超过二十摄氏度，夏季有裹挟盐粒的潮湿海风，有盛大的啤酒节，冬季有柔软的积雪覆盖屋顶。像我在信中描述的那样，让我们去这样的地方。

三

看星星能缓解痛苦。人都会喜欢看星星吗？玛丽也许不喜欢，我没有问过她。我喜欢看星星时无能为力的感觉，像被黑暗蒙着眼，躺在车厢后排做梦，身体被离心力牢牢按住，隐约感觉到是下坡。脑海里又闪出做过的物理题，假如我是木块，脚下的木板被加速抽离，掉下去的瞬间一定很疼。无能为力的木块。一边想着这些一边洗衣服。温暖的水流在手底涌动，夜晚有风，吹得面颊冰凉。手机屏幕在口袋里发热，形成小小的方形亮光，我擦干手把它握紧。手机屏幕映出我的脸，眼睛大得恐怖，下巴很滑稽地缩短了，看起来像另一个人。

也许该给玛丽打个电话，我想。好怀念和她在一起散步的日子，兜兜转转间已经把整座城市走遍。今晚好多星星，我们一起出去散步，明天一定是个晴天。

四

　　玛丽居然会生气，这让我觉得很奇怪。大家都清楚，她的欢乐或消沉，与其说是由什么人，不如说是由潮汐、方位或星星的运动决定的。当她感到被冒犯时，会惊讶地抬起眉毛，三秒后就将发生的事忘记了。然而我们还是吵架。夏天到来之后，玛丽开始频繁地谈论让我不舒服的话题，我讨厌她空泛的措辞、防御的姿态、嬉笑中的不安、纪伯伦式的感伤和虚伪的豁达，她使我想到那些把头套进木桶，在街道上无头苍蝇般乱撞的人。这让我觉得彻底孤立无援，只有冬天稍微好一点儿，还有围巾和热巧克力奶，还有灰暗的晨光和读不尽的阿根廷小说。寒冷和大风让我觉得生活值得一过，给我足够的决心迈前一步，把生活紧紧攥在手里。而夏天是高温中发皱的大地，黏滞如灰尘的噪声，面目可憎的人脸，我反复梦见自己在暴晒的午后跳海，永远是海，夏天的贪婪的海，醒来后一头冷汗，溺水边缘的窒息也不过一条被子的厚度，一抬头正对着午后幽冥般的蓝光，终于明白特拉克尔是如何把蓝色写作死亡。从床上爬起来的一瞬，全部感官被暴力地打开，整个人浸泡在汗水里喘气，被子没有折，头发没有梳，打开的窗空荡荡地盯着我。发现自己还活着，有种忧郁又安心的感觉。耳机里敲击乐队还在唱：Alone we stand together we fall apart. 飞奔下楼时无暇思考，鼓点的节奏却蒸起对大海的渴望，仿佛飞机驾驶员降落时缓缓按下操纵杆，心里涌起对天空的乡愁。然而没有大海，干涸的瓷砖一块连着一块，我走进人群里另一个暴晒的午后。

真正难忘的事都发生在冬天的黄昏。银色的高楼闪烁着微光，车流呼啸，汽笛声拥挤地连成一片，我们揣着手慢慢走上人行天桥。感觉像热气球升空前的一秒，世界在脚下蒸腾成气体，系在脚踝上的细线解开了。这正是布景崩裂的时刻，我意识到，生活中存在着一些根本虚假的东西。玛丽在哼一首很老的歌，关于夕阳、犯罪和爱情，我发现自己开始流泪，以至于泣不成声。泡在水里是痛苦，上岸也是痛苦，我早就忘了如何迈开脚步去生活。有一瞬间我想待在桥上永远不下来。在岸与岸之间慢慢地游，等状况稍微好一点儿了再死掉。

五

我拖着行李离开，路上遇见德里克。他问我去哪里，还说我变了好多，笑起来几乎不认识了。我们慢慢走到江边，他最近喜欢上一个女生，吞吞吐吐地描述她的特质，长发，数学很好，不喜欢运动。他想到什么就会脸红，说些废话来掩饰。这是怎么发生的？人陷入了爱情，一切就此瓦解。

我们在江边找个台阶坐下来。他声调平淡地问起玛丽，我没有什么好说的，低头拆耳机线。越来越觉得这是我生活的隐喻，仍然把一大团剪不断理还乱的线头咬在牙齿间，死命向前扯，然而线一根根挣脱了，她的手指一根根挣脱我。事情总是这样。他仔细观察我的表情，叹口气说毕业后大家一起去海边，好久没有旅行，已经想不起海是什么颜色。好，我回答，毕业后一起去海边，同时几乎看到一整片海洋飞扑向我，像从晾衣竿上坠落的蓝色床单，劈头盖脸淹没所有感官，只留下一条非现实的出口，通向另一座岛屿，另一片可能的海，另一个人说过的另一句话。离海还有多远，离毕业还有多久，每条路都长得看不到尽头。我刚办完休学手续，假如你现在走掉，我说，我可能会从这里跳下去。他知道这是玩笑，像小时候那样拍一下我的左手，给我念布莱克的什么诗，念完悲伤地笑一下，安慰我几句，说是喜欢的女生给他写的。感觉像在两面镜子间打转，怎么也找不到出去的路，他说完这句话就抬头望着江水，好想念从前。游船在他眼睛里极缓慢地划过，他短暂地闭一下眼，继续描述那个女生握笔的姿势，笔杆与纸面垂直，紧张时习惯咬笔杆，每根铅笔上都有她的牙印。说得他自己都笑起来，掏出一根烟，不甚熟练地点燃了，牙齿在黑暗里闪闪发光。他叼烟的方式很像咬笔杆。爱得过多是危险的，但我们无能为力，我们无能为力。

六

有一天，我用两只手掐住玛丽的喉咙，感受指甲一寸寸嵌入皮肉，主动脉隔着薄薄的皮肤怦怦跳动，我听见她喉咙里气泡泛起的声音。玛丽抓着我的手腕往外推，用鞋背狠狠踢我膝盖。我没敢看她的眼睛就匆匆松手，后退几步站稳，茫然地瞪着楼梯拐角的镜子，玛丽的倒影在暗处一动不动。她慢慢扭过头，我看见她后颈两道丑陋的红印。她没有喊叫。我转身，穿过散学的人流冲上楼梯，跑几步就摔一次，好像每级台阶都比记忆中矮几厘米，好像台阶在逐级下陷，过去和将来咬合成平直的轨道，我是一列磕磕碰碰行驶的几乎散架的火车。向上跑，向上跑，把所有时间点连成平滑曲线。三岁的我第一次看见海，九岁的德里克拖着音箱躺在沙滩上听石玫瑰，十五岁的玛丽坠进游泳池深深的蓝，十七岁的我陷在比海平线更低的平原，即使爬到楼顶仍逃不出平面，即使跳下去也只能让动点水平移动几厘米，生活的纵深早就被暴力压平。晚风倒灌进空的长廊，六点半的天空流动着幽冥般的蓝光，把我手臂皮肤也染成蓝色。我把头伸出七楼的窗外，看见双色车灯密密地填满银色地平线，看见灯光点缀下努力活动的男男女女，神情皆专注诚恳，没有人抬头看见我。我想象自己成为他们幸福生活的一部分，又知道这是橡皮一擦就掉的幻觉，抖抖纸面就再也不会想起。我尽力深呼吸，世界在眼底来回晃动，回忆的金属片在蓝色光线里抖动、皱缩，瓦解成气体和沉渣。我与玛丽共同度过的那么多日子似乎并不存在，仿佛一场真正的噩梦，惊醒后连劫后余生的庆幸也没有，一幕幕场景像隧道尽头的门一样溶解了，只能打捞起一些好的瞬间，一些满地狼藉的快乐碎片。突然想起高三毕业时用过的化学和地理练习册，在阳光底部没有声响地沉下去，退入眼睛的暗处，我和玛丽共享的那个世界随之飞速退远了，她也很快成为日记本里一道压平的模糊折痕。我抓住窗沿把身体探得更外，努力回忆试图掐死玛丽时的暴怒，发现那不过是求救的手势，是溺水一样无能为力的虚脱。校园广播在楼道一圈圈环绕，回音被稀释成直升机盘旋降落的嗡鸣。我从口袋里掏出耳机，戴上，在歌曲开始前几秒的空白，听见耳道里血液疯狂流动的声音，仿佛身体内部正发生一场火灾。然后是粗糙的吉他，鼓点声笨拙地加入，朱利安·

凯萨布兰卡忧郁又满不在乎的声音：

In many ways
They'll miss the good old days
Someday
Someday

我突然意识到有人站在我背后。我无能为力，我对自己说，玛丽可以对我做任何事，她可以把我从七楼扔下去，然后僵硬地转过身。不是玛丽，是一个看起来和我同样惊愕的男生，嘴张得很大，戴着孩子气的蓝色眼镜，手里拿着一本书。"我来这里背单词。"他投降般把书举起来，让我看到封面，然后双手僵住不动，眼睛犹疑地扫过我。校园广播再次开始环绕，像巨蟒爬到七楼对我穷追不舍，与我没有关系的人一遍遍通报着我不关心的事。我在巨大的噪声里向他狼狈点头，几乎看见广播的每个字火山灰一样扑到我脸上，我看起来一定像难民，一边抓着扶手向下走一边想，千万不要遇见玛丽，千万不要遇见，一首歌的时间，我已经把她忘得很干净，残余的痛苦也被一把火烧光，生活的惯性也战胜了想死的欲望，翻个身躺在车厢后排继续昏昏欲睡，让命运随便把我带到什么地方。听见男生在七楼不甚标准地高声朗读，忍不住偷笑他的发音，突然感觉又有活下去的力气。只是千万不要遇见玛丽，不然功亏一篑。收好书包继续下楼，同一首歌刚好播完的瞬间，我在扶手空隙里看见一张模糊的脸，像玛丽剪了短发的样子，心里也清楚并不是她。我把脚步放慢一点儿，同样的歌词再次响起，耳道里的血液这次却奇异地安静。教学楼没有一点儿声音，机械颜色的灯光陆续掉在我身上，镜子倒映出我被拉长的身影。千万不要遇见玛丽，不知道她脖子上的红印褪了没有，不知道我走后她会不会想念。

我最后一次抬头，看见扁平的白色台阶一级连着一级，比任何时候都更像轨道形状。车厢里塞满玫瑰色面颊的年轻士兵，紧抱着伟大的字眼不肯松手，他们一批批地被送往远方，人失掉这点儿最后的希望就会发疯。而我刚从终点站回来，知道那里只是另一片寸草不生的虚无。悲伤与虚无我两个都不要，于是情愿跳出车窗死在平原里，玛丽呢，年轻的爱笑的玛丽，她是否已经选择了虚无？我没有机会问她了，就像我永远不知道她是否喜欢看星星，走到一楼时我没有遇见她，拖着行李箱离开校门时也没有遇见她，从此往后我再也不会遇见她。

指导教师：马　芸

月光下的她

◎樊伊一

楔　子

一月份夜晚的空气冷得刺骨，即使是穿着厚厚的羽绒大衣，当从火车上下来的那一刻，我还是冻得哆嗦。好在村里派来的小伙子来得很早，我一出站他就笑着朝我招手，兴奋地喊着林老师。

今年是我去新疆支教的第三年。

大年初九，我又回到了这里，回到了这个与我相伴将近八百个日夜的美丽小镇。

车上暖和得像是另一个季节，我早已冻得麻木的脸又渐渐地恢复了知觉。道路两旁依稀辨认得出几间小屋的轮廓，它们跟随着稀疏而又昏暗的路灯飞速后退之后，只有夜空中的几颗星星，还在不知疲倦地与车子一同前行。

月亮呢？也许是被乌云遮住了吧。

我叹了口气，睡意也随着这突如其来的伤感消失，只好将手机拿出，无聊地翻着一个个聊天区的内容。

最底下的一个聊天框显示的日期还是 2018 年，那是一张结婚请帖——我邀请她来参加我的婚礼。只可惜，没有回复。

从那以后，我再也没有勇气点开那一个聊天框。

一

第一次见她已是十五年之前，太久远的时间距离让我只能在脑海中把分不清真假的想象填进空白的细枝末节中，拼凑出高一开学的那个下午。阳光透过窗户洒在了桌上一角，她坐在了我的身边，黑框眼镜架在她略有些高的鼻梁上，然后——她向我打招呼。真是太普通了，我不由得感慨。普通到我几乎和每个陌生人都是这般认识，普通到我竭力思考、竭力想象也无法将我和她的初见写成一个稍稍吸引人的故事。

中考失利，原本成绩一直在学校数一数二的我去了一所普通高中。身边一个又一个平时成绩不如我的同学都欢喜着，进入不同的重点高中，憧憬着自己的美好未来。而我却一整个暑假都承受着父母无止境的指责，随之而来的还有大家惊奇又有些怜悯的议论。我已经能想象到我是如何被当作一个反面教材，来警醒学弟学妹们填志愿时的好高骛远。

好像是做了一个很漫长的梦，梦里一片黑暗，而我永远都不会醒过来。

"我叫林独，孤独的独。"自我介绍只有一句话，然后——我沉默着，被划入一个新的班级。同样沉默着，不愿引起其他同学的注意。又像是希望一直沉默着，以一个旁观者的身份，保留住我最后的尊严。

可是她在我的身边。

"林独，'独'字其实是独特的意思吧，你的父母很爱你呢。"我永远记得她笑着对我说这句话的样子，也许我应该是一个被爱着的人，我也有资格在现在这种生活中寻找幸福。

月光温柔着冰冷的铠甲，让独行的人不再孤独。

从那天开始，我们如同朋友一般一起吃饭、聊天，甚至还会因为许多不经意的小事而尽情地笑着。我小心翼翼地挪出沉默的围栏，而她在外面，迎接着我。

梦中那片黑暗的尽头，似乎有光闪过。

二

快乐带来恐惧，我们会更倾向于习惯痛苦。

第一次月考的结束铃打响时，我的心已经沉入了谷底。也许是因为回忆太过于深刻，每当我做试卷时父母的指责就会一遍一遍回响在我耳畔，我的脑海被他们失望的眼神、同学们讽刺的目光占据，握着笔的手在颤抖着，它停留在半空却难以写下一个字。大片大片没有作答的空白卷面浮现在我的眼前，我呆呆地坐在位置上，像一个等待着受刑的囚犯。

年级倒数 200 名的分数像寒冰刺骨，我不想和所有人交流，甚至连她关切的目光，我都觉得是一种嘲讽。

刺眼的分数让原本离异后相互视为仇敌的父母关系更加恶化，他们指着对方破口大骂，最后不约而同地把矛头转向了我。母亲哭着说自己不该生我时，她真情实感的流露让我愈加喘不过气来。

好像我就应该一直在黑暗中，痛苦地生活。

晚自习后，我在学校旁边的小道上漫无目的地走着，想逃离那个令人窒息的家，想逃离一切的成绩、排名甚至很久很久以后的未来。

"林独，"她叫住了我，走到我身边，扬了扬手中的一沓资料，"这是我特意帮你求的提分秘籍。别难过了，听说你是个大学霸，下次一定能考很高的分的！"

我望向她，她的眼神中满是对我的自信与期待。这是我对自己从来没有过的。

想到那段往事，我不禁笑了。那本提分秘籍其实没什么用，但好像又很有用。也许再尝试一下，再努力一点儿，结局会不同。

那天月光照在她脸上，很美。

三

只要有希望，一切总会慢慢变好。

她陪着我度过的那三年，我慢慢克服了对考试的恐惧，和父母的关系也缓和了不少。

我们总是夜晚走在校旁的小道，看着月光洒下，温柔了黑夜。

这时我总会帮她处理因为练体育而出现的大大小小的伤痕，然后她会笑着说："明天一定会更好的。"

直到高考前的两个月，她没有再来上学。听老师说，她放弃高考了。

我不明白一向成绩不错的她为什么突然做出这个决定，我一次一次拨打她的电话，却只能听到冰冷的提示音，直到最后只有一条短信——"愿你高考顺利，前程似锦。"

我很快把注意力转回到了高考这件人生大事上，重复地做题、做题，还是做题……六十天转瞬即逝。

只记得考完最后一科的那一天，走出考场，看着外面焦急等待的父母，我终于能笑着说了句"放心吧，发挥正常"。

原来三年前的黑暗终究是有尽头的，时间给了我寻找光明的机会。那年的月光和她，带我走出了黑暗。

要是这一天她在，就更好了。

最后，我以优异的成绩考入了一所重点师范大学。

四

"我叫林独，独特的独。"也是一句自我介绍，开始了我充实的大学生活。考研、实习、工作……曾经那段黑暗的日子随着时间的流逝被渐渐遗忘。

不知什么时候，她的手机号码变成了空号，那个女孩儿也如同那段时光彻底地退出了我的生活，留给我的始终是高中时的模样。

再次联系上她已经是参加工作后的好几年了，以至于我接到电话听到她声音的那一刻十分诧异。她说她想见我一面，但我当时在外地出差，工作又十分繁忙，只好说过段时间再约。

她听后沉默了一会儿，笑着说："其实也没什么事，只是想谢谢你那三年的陪伴。林独，祝你幸福。"

我也笑着和她道了谢，便挂断了电话继续忙着工作上的事。

不久之后我就结婚了，我给她发了请帖，希望她能来当我的伴娘。

可是她没有回复。

我回想着她对我说的那些话，越发感觉不对劲。我拨通了她的电话，记得那天铃声响了很久，我的心跳仿佛也停了很久。

接通后，电话中是她表姐的声音，她表姐说："她爸妈对她挺不好的。"

她真正地退出了我的生活，留给我的只有一本日记，里面记录着我们三年的高中生活。

我们相互扶持着度过了那一段黑暗的日子，但很遗憾，她照亮了我的生活，我却没能给予她更多的希望。

要是接到那个电话之后，我能奋不顾身地去找她，该有多好。

尾　声

那之后我来了新疆支教，丈夫和父母都不理解我这个突然的决定。其实有时连我自己也不太理解，我为何要坚持，又是如何坚持到了第三年。

但今年，我终究还是又来到了这里。

到小镇时已经是第二天清晨，四周仍是黑漆漆的一片。我刚下车，就有几个小孩子扑过来喊我林老师。

后面的一位中年妇女也跟了过来，像是有些不好意思，"这几个孩子非说要来接老师，夜里就醒着了，怎么劝也不听。"

我看着这几个还冻着的小孩子，赶忙把他们带进了屋子。刚开灯，就看见一个小女孩儿哭丧着脸。

我看着她，另一个小男孩儿抢着说："老师，她肯定是因为这次没考好难过着呢。"

我像是想到了什么，笑着看向他们，"没关系，老师这里有一本特别厉害的提分秘籍，有了它以后一定可以考很高的分呢。"

"真的吗?"身旁的小孩子们眼睛里都像是冒着星星，小女孩儿也抬起了双眸。

"当然了，老师就是靠着这本秘籍，才考上了大学。"

我好像突然明白自己留下来的原因了。

原来是因为这里的月色很美啊。

指导教师：陈泽曼

花 的 泪

◎樊伊一

　　槐月，营帐外出现了几处青葱的草，不知熬过了多少个漆黑冰冷的夜，这种日子总算要过去了。

　　我走到离这里并不算远的一处高地，在那为数不多的几丛绿草中，有一朵花苞。那是一朵淡粉色的小花苞，青绿中格外显眼。我想它开放的那一天，一定会很美。

　　这里是将士们的墓地。我不知道他们的名字，但他们都是为朝廷征战的英雄。将来的某一天我也会埋在这里，被人遗忘，或被人铭记。我们都在用最后的身躯，守卫着这里。

　　风拂过，汇向远方，一片苍凉。千里之外的长安城，模样如何？那里也会有碧蓝的天、翠绿的草吗？若是能去一趟长安，看看那里的繁华富丽，草原的景色必然会美上几分。

　　眼前的苍凉中出现了两个人影，正从远处朝我走来，其中一个还兴奋地挥动着手里的东西，"刘哥，你看俺带了什么？"

　　看了一眼，我便认出这坛子里装的是中原的酒，不由得笑了，"上哪儿弄的这好东西？"

　　那人只是嘿嘿地笑着，倒是另一个人开了口："这小子硬是不肯说，也不知道他从哪儿弄来的。"

我来这儿的第三年认识了小余和小田这两兄弟，他们刚来时便一直跟着我，如今也是上阵杀敌的一把好手了。身旁捧着酒的是弟弟小田，他掏出碗来给我倒上一杯，"刘哥，将军说今天晚上就进攻。咱们这次一定要好好喝一回。"

"是该进攻了。"我喝了一大口酒，身体渐渐暖和了起来，望了望远处点缀在苍凉中的几抹绿意，"草绿了，春天要来了。"

"春天早该来了。"小田给哥哥倒完酒后，又给自己满了一大杯，几口便见了底，"俺小时候，每年这时槐花总开满了整棵树，地上到处都是——哪像现在，冷得连草都不愿意长。"

的确是在这里待的时间太久了，我都快忘了家乡的春天是什么样子，甚至理所应当地认为每年的春天就是从现在开始，"仗打得多了，每年对春天格外期盼。原来家乡的春天这么早就开始了，可真好啊。"

一旁的小余听着我们对春的感慨，像是突然想到了某次作战的经历，将士们熬过严冬，便是熬过了一场劫难。春天，正是我们杀敌的好时机。"刘哥，你杀了几个胡人？"

"一百零四个。"我回答道。我用我的长枪，刺穿了一百零四个胡人的身体，这是一个将士无限的光荣。很多年的征战生活，是这一串数字，支撑我在无数厮杀的寒夜中坚持下来。

小田听了我的回答，忍不住说道："刘哥，等俺们打赢回去，你可以被赏很多银子吧，是不是可以做好大的官？"我看出他的羡慕甚至是渴望，"俺也要多杀敌人，到时候建好大的房子给俺爹娘住。"

小余的眼里也流露出了些许憧憬，"我只想回家，见我弟弟妹妹。想当时我离开家，小妹连大哥都不会叫，如今他们都应该长老高了。"

背后是我们的军营，底下是胡人的领地。几个时辰后，也许今天的景象就再也看不到了。我们坐在一处枯草上，每人手里捧着一碗酒。我们在等待着春天的到来，等待着战争的胜利。

突然，小余将手中的酒泼在了地上，闷声说了句："敬安哥。"

我们都沉默了，各自又喝了一碗酒，等待着进攻的开始。

很多年前，四个少年也曾这样在高地上一起喝酒。其中一个是阿安，他是我从小到大最好的兄弟，他也埋在了这片土地上。

从那之后，我杀胡人除了为战争的胜利，还为了替他报仇。

当晚战争开始了，我们进攻得很顺利，军队埋伏在前线，胡人几乎没有任何防备。

我却受伤了。

我的手臂被箭射中，马儿亦被箭射中而受惊。混乱中，我从马背上摔下，从山坡上掉了下来。

再次醒来，我躺在一条河流旁边。刚想起身，剧烈的疼痛使我无法动弹，没有食物，我也没有力气去做任何事。

我唯一能做的，就是等待死亡的降临。于是我闭上双眼，平静得像是睡着了一样。

也许是不能埋在那一片高地上了。我觉得有些遗憾，不过又很快释然了。在战争中死去，是一个将士最大的光荣。无论身在何处，我们的鲜血都是光荣的。

时间过去了很久，恍惚间，我听到有人交谈的声音。缓缓地睁开了眼之后，察觉到这大概是胡人的两个小孩子，正好奇地打量着我。看到我睁开了眼，他们显然惊住了，接着又交谈了几句，然后就跑开了。

看着他们远去的背影，像是睡梦被某些声音打断之后，我又继续闭上眼睛等待着生命一点点地消逝。

但，我的手臂感受到了一些不寻常的疼痛。

那两个胡人小孩儿又回来了。一个小孩儿替我包扎着伤口，另一个小孩试探性地拍了我一下，示意我张开嘴，喂了我一口东西——是这边特有的面食，胡人的东西向来难吃，不知怎的，我却觉得这一口格外香甜。

伤口包扎了很久。两个孩子还处于少不更事的年龄，用笨拙的小手将草药敷在我的伤口上，额上已是布满了密密麻麻的汗珠。最终还是两个孩子合力，才完成了这一艰巨的工程。

我吃了东西，便有了力气，加上手臂上的血止住了，顿时觉得好了不少，竟然可以勉强站立了。两个孩子见我能站起来，显然是松了口气，看着对方，开心地笑了。

他们又上下打量了我一番，仅仅是用胡人的语言对我说了一句话，然后就急匆匆地跑走了。

我怔住了。很久之后，他们的笑容依然一直浮现在我的脑海里，像是这苍茫草原上灿烂的微光。我深知，这点儿微光最终将被更为强烈的光照所吞噬。

他们救了一个敌人，我被敌人救了。我为他们可悲，也许是为自己可悲。

我所期待的那朵小花开放之前，曾经闪现过一些美好，春天夺走了他们。尽管于我而言，春天带来了更多的美好。但当我抓住过那些闪现的美好时，我的心从此无法平静。

他们最后说的那句胡人的话，我只听懂了两个字。

父亲。

胡人的军队一溃千里，我们的将士骑着战马，英勇杀敌。

将军下达了命令，要把胡人的军队杀个片甲不留，以报仇雪恨，以报答国家。

整个草原弥漫着血腥味和厮杀声，同伴们将一个又一个胡人士兵刺落下马。我知道，他们一定会拼尽全力。这些胡人士兵，没有活路可言。

无论这场战争的结果如何，这片草原终将会被鲜血染红，失去它本来的美丽。终究会有一方将士长眠于这片土地，我或是胡人士兵，我们都没有退路。

我决定重新投身于战斗，我却发现我没有办法投身于战斗。

每当我的长枪刺向胡人时，我就会想起阿安，想起那两个胡人小孩子，想起他们的父亲一定在这些胡人士兵中，想起是否是我杀了他们的父亲。

一切征战的记忆涌入我的脑海，胡人战斗时狰狞的脸庞，又或是我们得胜时欢喜的笑容，他们一幕幕闪过，然后便消散了。草原的风很大，一切的仇恨、欲望甚至信念都被吹散了，我再也寻不回了。

血洗草原，满目疮痍。我病了，跟随着伤员回到了原来的营帐。

在那处高地上，我听到前方传来捷报，我军大胜胡军。

我笑了，一切都结束了。

将士们的墓地上，已是一片青葱的绿意。我之前所期待的那朵淡粉色的小花终是开了，春天来了。

但只有我知道，那朵小花绽放的清晨，有一滴泪珠。

那是花的泪。

指导教师：陈泽曼

比任何彗星都闪亮

◎詹曼冰

从太空回来后，我父亲，这位对宇宙有着疯狂向往的宇航员，这位在我们孩子口中不折不扣的严师，整日捧着他那本厚厚的笔记。直至今日，我才读懂他孤独的英雄主义。他出现在我的梦中，在弥漫的硝烟中穿梭，捍卫那些彗星轮廓的导弹，那些失落在地球上的人道之光，仿佛他还活着。

但今夜，各国高层正运筹帷幄，一场因争夺星际资源而互相残杀的核战就要爆发了。程序下达后，空间炮弹便会自动运转，生命摇篮——地球，在众人的想象中，将由一朵蘑菇云，转化为一滴含杂质的铁。

祖国在内的中立空间联盟联合起来，解救地球措施准备就绪，地置炮弹已经对准了太空。还有一整夜，我却希望父亲能复活。冷冰冰的太空站里，手边躺着他留下的那本笔记。又一次，高空人类普遍患上的哀伤病将我打倒。我渴望蜷缩在床上，从掀起一角光亮的房间后看父母工作。我母亲用电脑啪嗒啪嗒地打字，很轻，似乎有火苗在不断舔舐屏幕。她是位研究空间站的建筑师。

我逐渐长大的过程中，病毒也在欢畅而无拘无束地蓬勃成长。祖国是安全的，像阴雨季节偶然闪过的一瞬，树木以它们欢愉摇曳的身姿，消逝在灰沉沉的蜜合色里，其他的时间则令人郁闷。那本笔记，一直像一张符咒一样紧跟在我身后。它和我都被父亲下达了最后一次命令，只有当我真正成为宇航员，才能打开它，且必须打开它。

与此同时，一所私人环形空间站顶层，购买星际旅行的人们享受着彗星袭来的夜晚。女士高举香槟，踱步舞池；孩子趴在透明窗上数彗星的数量；绅士把冰块倾情投入威士忌，碰撞出梦境破裂般的声音。谁也想不到，就在这所空间站的黑暗底部，蜗居着成千上万位下等人，他们的肉体上爬满了伤痕，四肢插管，被掳来作机器帝国的燃料。

起初我以为这是父亲开的一次玩笑，直到打开那本笔记。他又重新忧戚地站在我面前，跟我不厌其烦地讲述着机器帝国，一个巨大的阴谋。他召唤出深深烙印在人类体内的恐惧，带有磁性的声音因激动而发抖，将我卷入燃烧的火焰之中，卷进一个不断延伸的黑洞之中。我才知道，一切都是真的。

父亲向我介绍他发现的秘密。从前，人类将一些破损的材料生生融化，冷凝成崭新的钢铁，借此创造出无穷无尽的工业产品，就像孩子们把茎叶撕扯下来，嫁接成一朵支离破碎的新花。朝圣者们深谙此道，他们虏获成千上万的下等人后，将蓝色的管道插入下等人体内，透析血液，像输油管一样深深扎进发动机里，为环形空间站输送养料，钢铁帝国就这么搭建而成了。

"砰"的一声，父亲的日记在地上匍匐前进，而我双手战栗。我的母亲，那所私人空间站的建筑师，自她失踪的一日起，是否也被困在了庞大的机器帝国里，成为一个衰老的人质？

下彗星雨的天空就像一座失控的机器。彗星骤然滑落，闪耀着神圣的光芒，绚烂的烟花在空中破裂，不可遏制地，碰撞在坚硬的玻璃窗上。我的父亲在彗星中话锋一转，向我挤出一个充满古老碎屑的微笑。

三十年前，我的父亲就在这所空间站内，捕获了一行我母亲发来的电码，侦破了一切。他将自己沉浸在想象的军团里，与真实存在的机器帝国日夜抗衡，就差没亲自蹦入太空，一拳打坏它，这所摧残了无数下等人类的地狱。所有的阴谋都被他记入那本笔记，他用冰冷如铁的双手记载的笔记，也是临死前一定要托付给我的武器。

我站起来。冲过一个又一个惊讶的伙伴，冲过一架又一架精密的仪器，冲过一颗又一颗下坠的彗星。我跑得飞快，大口大口地喘着粗气，完全不像一个忧郁的少年。我毫无顾忌地闯入那本笔记，在里面翻找童年的回忆，细细密密的病毒，疏疏落落的树木，跌跌撞撞的告别。突然，我的手被一双更瘦、更粗糙的手抓住了。

我抬头一看，女人留下的两行清泪，像彗星一样，里面映着我稚嫩的脸庞，我被欢呼的成员们一拥而上。我几乎认不出来，那居然是我年逾七十的母亲。

原来，自从我阅读完那本笔记后，就立刻联合空间站成员策划了针对机器帝国的钳制。十年如一日，空虚而漫长的冬季早已挨过去了，我的母亲轻轻掩盖着那时的严寒，像哄我睡觉一样，遮蔽着我卧室通往他们房间的通道，不让我知道她的劳累，总觉得我还是个孩子。

可现在我已经长大了，而她与父亲也早已老去。在这生命交替的期间，孩子的鲁莽逐渐消退，生命真实的面目逐渐出现。虚假的生命再繁盛，也不会变成真的。下层人纷纷从底舱里站起，他们解放的双脚哆哆嗦嗦地宣示着自由，像旗帜一样插进钢铁帝国，露出了不必活在阴暗潮湿的老鼠穴里，也不必疯狂繁殖的笑容。

我和母亲至今都记得，那充满感染力的，鲜妍花蕾一般爆破的笑容，比任何彗星都闪亮。

指导教师：曾一鸣

地球上最后的幼稚病患者

◎覃兰淇

B

十，九，八……

星际航船的发射倒计时中，我透过舷窗远眺浓雾中的城市，只为最后一次寻找那座无比亲切的瞭望塔，一年前，我就是在那里初次遇见 A 的。

那时的天空大概未曾像此刻一般黯淡，但我也很难说清楚了，只记得 A 置于其中的身影显得苍白如薄纱，仿佛只会溶解于窗外的云雾中，再被小型飞船的尾气瞬间吹散。视野中的景象尽是朦胧，万事万物有序而无趣，我不禁厌恶地想到了学校外墙的那层灰色油漆。现在看来真是难以置信，音乐居然会在这样单调的地方诞生。

音乐不可能只由机械设备随机生造，也全然不是程序将音符堆叠的产物，相反，它灵动得从来不讲道理：A 的手指在黑白键盘上从容不迫地弹奏，曲子便自然而然地从中流出，成为地球上唯一跃动的生命力。曲子并不填充着值得分析的音程关系与节奏型，而只是不停呈现景的音格化：恍惚间，我终于清晰听到了夏风吹过村庄时风铃的摇摆，与鲤鱼游过小河时水波的颤动。传说中的音乐竟活生生存在于此，我不禁如痴如醉，像个孩子第一次看见转动的万花筒。

声音渐弱时 A 茫然地抬起头来，看到的正是如痴如醉而近乎表情凝滞的我，一个不禁直勾勾盯着她的我。沉默中她默默开始拆卸乐器，我一边回过神来一边想要张口解释，却实在无话可说。键盘、支架与纸质乐谱都被塞进乐器包后，她看到我仍愣在原地，才淡淡地问道："你为什么在这里。"

我没有回答，只是和她一前一后离开瞭望塔最顶层。我想搭乘电梯直接去地下城的入口，她却一反常态走向一边的楼梯间，仿佛往那边走可以穿透塔楼的玻璃，再去清洗那团黑乎乎的雾。刚沿环形楼梯走了几步路，她就已变得犹豫而挣扎，我本以为那是因为乐器过重，但又随即发现她知道我没有跟上，因为她差点儿想转头过来，但又没敢。叮咚，电梯已到达，我的视线却仍旧死死定在她的身上，仿佛要顺着那身影盘旋而下，领着我本人成为她的追随者与信徒。好在，她的感官灵敏得可以感知这一切，不然走到远端的瞬间，她也不会下定决心立在原地，再回过头来盯着我。那眼神中的东西是疑惑还是期待，我其实不能分辨得清，只知道她的轮廓至此才终于开始在雾霭中浮现，我可以从沉沉的天空中辨认出她那渺小的身影，以及她眼睛里闪烁的晨露般的光芒。我突然意识到，这片天空下找不出比她更为孤独却热切的人了，于是忍不住三步并作两步地到她身边。她终于浅浅笑起来，第一次对我打招呼：

"你还没有回答我呢，你为什么在这里。"

"该问这问题的人是我才对吧，你为什么在这里，还带着一架老古董般的键盘，要我说，便携式光显乐器早在百年前就发明了吧。"

"就知道你不懂。就连我爸帮我修乐器时都调侃过类似的话。"不知为何，说着这种话的她笑得很开心，"不过其实啊，这与独自登上瞭望塔的最高层根本就是一个性质的行为吧，你也自己好好想想啊，说不定想好就懂了呢。"

当时的我显然想不通，便一直没敢答话，就连想要帮她拎一会儿乐器的心意也没有真正表达出来。她也没有再过问，我们就相对无言地并肩走下去，除了到达楼梯最底端时，她突然冒出一句："这是我第一次在塔顶看到除我以外的一个人，我希望你知道这个。"

我不确定自己是否听懂，只好抿嘴对她笑了一下，然后解释说我要回地下城的家了。这次她没有感到意外，而是顺着我的话说她住在地表，然后在塔底的玻璃门前轻轻朝我挥手道别。尽管我们再见的可能性极小，下意识地，我仍对她说了一句"下次见"。她若有所思，没有直接转头向地面的高大建筑走去，而是默默地注视我通过地下城入口处一道道的闸门。我不知那天她何时才离去。

B

至于在音乐教室里与 A 偶遇的事情，则更是令我意外。又或是说，我与 A 在同一所学校上学，本身就是最大的意外。

地下城与地表不同，这是大人们从小教育孩子们的话，他们说，达官贵人住在地下城，而平民住在地表。地下城与地表不同，这是我和弟弟都明白的事实，但我们知道，这是因为身在地表的人能够在某个瞬间亲眼看到阳光拨开云雾照向大地，而身处地下城的人每天只能面对千篇一律的铁质天花板叹息。上小学前，我和弟弟曾偷偷溜到地表上去，在那里，草木与鲜花自然生长，颜料盘般的多彩大地向灰色天空不懈斗争，这样的景象我们一辈子都不会忘记；更加无法忘记的是，当时间接近上午十点，我们听到震耳欲聋的轰鸣声时，浓烟同深灰色巨兽一般从圆筒状的巨型管子爬上天空，仅存的一方蓝天瞬间就被污染，好似一扇透明的窗户被密集的铁条封闭起来。震撼中，我们不约而同地发觉：轰鸣声来自地下城，管子的底部同样连接的是地下城。至此，每当我们听到官方新闻对地表环境恶化的批判，都不屑一顾；我们不屑一顾的事情还有很多，理由都大致与此相似。父亲为此十分烦恼，他在地下城政府做高官，自然希望我们更多关注时事，但他最后发觉自己实在无能为力，只好明面上放松了对我们的管教。也正因如此，当我面临升学时，父亲放弃了把我送进地下城最贵的私立学校，而是让我去了地表最为优秀的公立高中。

Ａ在这所高中上学则又是另外的故事了。时至今日，我仍不能说自己很了解她，只知道那家伙成绩绝对不差，但也算不上热衷于读书。不然，我们当时也没办法偶遇了。当我背着从古董店偷偷弄来的旧式电吉他走进音乐教室时，她惊讶得一下站起身来，面前的乐谱本重重地砸在键盘上，惊起一阵悠远的杂音。我也很意外。环顾四周，确定没有其他人发现我们后，我说出了那个熟悉的问题："你为什么在这里。"

她耸耸肩，指指胸前的校徽充当答案，然后就继续沉浸在自己的世界里：伸手把乐谱摆正，再弹起钢琴来。过了一会儿，她看到我仍然站立着，才起身走向房间边缘的储物柜，给我搬来了一张木椅与一个金属谱架。"坐吧，既然你也来了。"她问候道。于是我坐到了她的对面。搬出那架岁数比我大上许多的电吉他时，我是有几分忐忑的，怕她发现我其实不太会弹。为了装装样子，我顺手摸出几张皱巴巴的乐谱放在架上。实际上我更习惯于用电子仪器看谱，但在她面前我并不想把它拿出来。

"你有搞到音箱吗?"我尝试给吉他调音时她好奇地问。我惭愧地摇头，却发现她注视我的眼神比我想象中的更为炽热，就同小说里写的夏日暴风。突然，我心里冒出一股勇气，就直白地说明了自己其实并不了解电吉他，只是先前某时突发奇想搞来了一把，平时玩得也不算认真。我猜想她的眼神可能会瞬间冰冷下来，但她居然不介意，反而开始说自己知道有一个地方，兴许能在那里找全吉他需要的所有配件。"就是那里，20 区 19 街的 67 号，我听说里面是废弃的录音房……"她的嗓音中洋溢着向往，我不禁回想起自己第一次来到地表时的那些惊叹，对着那些鲜活的微风与溪流。"那好啊，要是我哪天有机会去一趟就好了。"我说。"会有机会的。"她的话语十分诚恳，一瞬间，我以为自己确实可以忘了地表与地下城的不同，忘却了我一下课就要赶回地下城，而她只会被拦在闸门之外的事实。那时，我们好像突然什么也不用在意了，只需构想周五下午自习课时如何再度出逃，以及，能逃到哪里。"又去瞭望塔也行。"她说，"那里离哪里都很近，对我们来说都很方便。"

"就连离天空都很近。"我补充道，我们都因此笑了起来。

C

B终于给我打电话来了，但我搞不懂她在说什么。实际上，即使我们已经认识十年有余，"你的贝斯还在吗？"这样的开场白仍显得足够荒唐。我感觉自己愈发看不透B了。

"你说的是哪一把贝斯？"我尝试回答她的问题，从未感到如此无措。还好她没怎么发觉，只是一如既往地开怀大笑，然后告诉我："当然是那把缺了弓的低音提琴啦。"

值得吐槽的描述，但我也没什么好在意的了，只顾着事态再弄清楚些："拿来干啥？"

"等你过来就知道了。"她的话语很神秘，就像她的为人一样，我只知道她确实在话筒另一头兴奋地说，"周五下午，瞭望塔顶。贝斯和你都会来的，对吧？"

我叹了口气，知道自己无法拒绝。

B

瞭望塔下，我问C能否把贝斯搬上塔顶时，他讶异地问我："你终于疯了吗？"

"如你所愿。"我朝这位旧相识翻了翻白眼，本想着向他解释一番，却在酝酿语言的时候发现我近来表现得确实太过荒唐。他摊摊手，不知是无所谓还是无奈，然后就艰辛地拖着乐器走向了电梯门。正当电梯叮的一声响提示我们已到时，A如上次一样单手拎着键盘包出现在我们面前。

我局促不安地看向她，而她扫了一眼拦着电梯门等待我们的C，就立即明白了些什么。"没事的，倒也不必把我那象征式的无理取闹看得那么重。"她是这样否定我的，但不知是不是我的错觉：她的嘴角同时掠过了一抹感激的微笑。

我点头认同她的时候大脑还有些发蒙，但C的眼神已由茫然变得清晰，我知道他又一次懂得了一切。更在我意料之外的是，他和她意外投缘：她特别喜欢他的贝斯，说自己一直都非常想要亲眼看到传说中的原声乐器："瞧瞧它饱满的身材，真是又酷又可爱，要是有一天我也可以拥有这样的东西就好了。"我承认，当时我替自己的电吉他感到嫉妒。

我们在瞭望塔顶试着合奏了，乐声飘扬在城市之上时，A说自己在浓雾中看到了一束光。我走到窗前往下看去，想着要真是这样就再好不过了。但C不假思索就认同了A，我差点儿以为他还要接着对她说出"你本身就是一束光"之类的话语，但只听到他提出让她唱几句。

好吧，C就是这样一个好奇心泛滥的家伙，但我承认自己难得和他抱有同样的想法，便等着A如先前那样淡淡地笑起来，然后欣然开始歌唱，那时，我们一定会看见她与天空再度融为一体，构成一幅创作于远古时期的水墨画。然而，A却害羞地红了脸，轻轻摇摇头，说自己也许永远没办法鼓起勇气在他人面前唱歌。

　　C仍在期待地看着她："我刚上高中的时候也以为自己不会再弹贝斯了。"

　　我看得出C又一如既往多管闲事了，但也看得出A真的很喜欢有关那把贝斯的一切，就连其拥有者真假难辨的人生经历都包含在内——"那我就献丑啦。"她背过身去面朝外面的云雾，一举一动显得自然无比，仿佛眼前的这一切就是她真正的归宿，而她永远不可能离之而去。歌声传来的时候我差点儿无法发觉，因为那实在是太过虚无缥缈了——嗓音沙哑而轻柔，正如键盘发出的机械音，但这并不意味着它听起来毫无感情，相反，声音似乎能够将所有的云雾浓缩成一滴水，然后滴在我心房的正上方。一曲终了后她羞怯却期待地看向我们，C大声鼓掌叫好，我却脱口而出："我想到了百年前那些虚拟歌姬们的声音。"

　　刚说完我便感到后悔，因为A看起来就很讨厌各项技术。但出乎意料地，她眉开眼笑："这是我听过最好的评价。"我立即松了一口气，掩盖了自己又一次搞不懂她的事实，并看着她和C高兴地闹起来。

　　那天的最后我们一起离开瞭望塔。当我和C并肩走向地下城时我不敢回头，因此我也并不知道，A是否再度孤零零地注视着同伴的身影消失。我只知道，我从瞭望塔顶向下看去时，浓雾全然遮住了视线，楼房的轮廓与大地的色彩不能被辨认出来。我的色感并不好，却忍不住认为周围的颜色比以往任何时刻都要灰暗，就好像地球即将发怒，脸已变得阴沉一样。

真希望这只是错觉。

D

B 是我的姐姐，C 是我最为熟识的学长，现在他们想带我认识 A，一个喜欢逃课和弹键盘的人。仅是这几句话，就足以体现我的生活有多么混乱。"A 唱歌也很好听，"姐说，"绝对不骗你的。"然而，我从小到大就没有一次不被她骗，早就看穿了她是什么样的人。想必那家伙拉我入伙，也只是因为我有一套架子鼓，方便给他们当鼓手罢了。她甚至不在意我敲鼓的水准到底如何——不然也大概率找不上我。

话说回来，这年头仍在玩乐器的人也确实太少了：几十年来，自动化作曲仪的广告已贴满大街小巷，智能演奏机也走进千家万户，乐器店一家接一家地倒闭。父亲在家里安装智能演奏机的第一天，姐对着说明书上那行"本机器具有即兴能力"喜笑颜开，但演奏开始后，她在那台机器前就再也笑不出来了。我明白这是为什么：比起即兴演奏，那乐曲听起来更像是来源于随机演奏，一种冰冷乏味的随机演奏。父亲总觉得机器的声音十分悦耳，相信程序至少不会写出难听的曲子；我却愤愤不平地认为，即使以这为前提，它们的作品也永远无法惊艳到我，因为彻底的无机感在我这里就是具有一票否决权。姐大概也是这样想的：有一天，那机器突然被砸坏了，而父亲在垃圾桶里发现了断成两截的鼓棒。我被骂了，但也没告发姐，我知道这到底不是她的错。

现在姐又在催我，叫我把鼓先搬到她们学校去。我已经无力吐槽她，要知道我们甚至还不是一个学校的学生——我明年才要开始准备升学，可今年已经因不可抗力而学会溜进地表的高中了。姐说，A为此专门在秘密地下室等我，我肯定会喜欢她的。我说，但愿如此。

B

逃的课越来越多了。总是和A一起。正合我意。但她近来看上去总是心神不宁，就连演奏到一半都会突然叹口气，再忧心忡忡地望向窗外灰暗的天空。我有些担心她，但也不知道该说什么好。

我叫我弟拿鼓过来，我想，如果A看他顺眼，我们可以组个乐队。她得知此事时，露出了近些天来最灿烂的笑容，我也感到很高兴。

C也会去找A，而眼神不知为何显得痛苦。有天，我撞见他们一起谈论天气。具体谈的什么我不知道，只看见C将手臂伸向天空，做了个看起来特别像宇宙飞船发射的手势，然后又试探地问了些什么。A犹豫了很久，然后非常缓慢地摇了摇头。

D

加入所谓的乐队了，感觉居然还不错。A比想象中靠谱儿太多，也比姐好太多。真不知道她那样的人怎么看得上姐，老是愿意和她一起玩。

他们都说我很喜欢音乐，我下意识地一律否认，因为根据经验，这种说法意味着的东西实在太多："哇，你喜欢音乐？那你平时肯定会玩玩乐器、写写小曲吧。"但是我说，其实音乐只不过是物体振动的客观产物罢了，因此喜爱那种东西实际上没有任何意义呀，人写曲、演奏，多么劳神伤身，还不如把这些工作都交给机器完成来得方便快捷。难道不是吗？诸如此类的话多了去了。我知道这完全是一派胡言，但也很难反击诸如此类的话语，因此就习惯性地放弃了所谓的"喜爱音乐"。说到底，我也只是个偶尔随便打几下鼓的人罢了，算什么喜欢音乐啊。

B 与 C 早就知道我会这样回答，因此丝毫没有感到惊讶。但 A 听到这样的话后，总会一脸疑惑地看着我，就好像我刚说了什么不够贴切的话，还要说些别的来弥补错漏一样——别的倒没什么，我只是受不了她的眼神，那种自认为看透了我的眼神，简直和医院的听诊器一样令人不安。"你有事吗？"我某天终于忍不住这样问她。她微微吃了一惊，然后起身向我道歉。

"对不起。我是个很喜欢音乐的人，又认为我们是那样相似，因此以为你也会喜欢音乐的。本来，我想描述的只是一种纯粹的感情嘛……没想到却把你过度解读了，真是不好意思。"她小声解释道，双手自责地绞在一起。

现在，我才算是明白了为什么她和姐玩得那么好：她们在自以为是的方面实在太过相像，要我诚心说来，如果事情真如她们所说那样简单就好了……我本想说些什么呛人的话回应 A，但最终没有说出口，就像我每次对姐生气时那样。小插曲很快被充实的乐队排练平息，A 再也没有像之前那样看过我，我在满意之余又莫名怅然若失。

D

再一次溜进高中时，我才发现学生们几乎全在准备期中考试，图书馆里已经满满当当的了。我一边吐槽自己既不学无术又善于遗忘，一边穿过排排书架走向那间秘密地下室，心里只挂念着我的鼓。

但发现 B 和 C 仍着实让我很意外。只见他们都坐在图书馆书架旁的地面上，膝盖上各摊着一本书。那是在复习。我却忍不住觉得那像是在召开什么神秘主义的讨论会。两人隔得有点儿远，不知道是否在等人，反正我隐隐约约觉得是缺了什么人的。

但是，到达地下室时我撞见了 A。她孤身坐在地上，周围散着一大堆泛黄的旧杂志，我隐约在上面看到了黑胶唱片的图案，倒十分符合她怀旧的风格。和我打招呼时，她悄悄地把杂志收到一边，看起来很不想让我知道她在干些什么。我也没有追问，只是径直走向鼓，开始就着一些我们都可以接受的音乐练习。

我离开的时候她仍没有走，只是再度摊开那厚厚一沓杂志。我猜想那上面一定是些非常有趣的内容，不然也不会引得她那么好奇。不过话说回来，她没有在复习这件事情同样让我意外，我以为她会像 B 和 C 一样至少在考前临时抱抱佛脚的。

又或是说，这样的行为对她来说实在太过俗气？心生羡慕的同时，我突然发觉：近来，严厉的父亲似乎放松了对我的学业要求。实际上，这对于即将升学的我来说太不正常了，就好像什么大事要发生，而学业变得根本不重要了一样。偷着乐按理来说已经足够，但我忍不住去想太多。

C

即使已有预料，变天仍来得太突然。趁着消息还没公布，B打电话来茫然地问我怎么办，我却同样什么也说不出来。

她说，父亲他们已经开始筹备所有工作了，包括政府方面的和家庭方面的，她根本无法拒绝。大家连哪天走都不知道，但A肯定是无法跟着走了，因为这仅是地下城的行动。她接着说，自己真的不忍心再见她了，总觉得对不起她。

我明白她在说什么，甚至在她知情前就对事态的发展早有预料。但我也会跟着走的，地下城的人们都会这样，明明一旦气候危机最终爆发，最先遭殃的是地表。又想起了上次我问A这件事时她缓缓摇头的场面，那时，我又一次意识到了地下城与地表确实并不相同：地表的人一直比我们更懂得何为坚守，即使这种坚守太过无望，以至于只剩下象征性意义。

B仍在电话那头央求我，请我一定想想办法，就好像我真的能看透什么东西，又或是做到些什么。我不明白她为什么如此信任我，甚至愿意和我用电话交流，只为听到我的声音。实际上，我其实连她都看不透，更别说那些比这还要广阔太多的东西了。学校让人误以为考前可以抱佛脚，但这更趋近于一种逃避，而不是拯救。要是意识到这点，我们不至于面对今天的境况。

但我不可能将这些都说出来。相反，我和 B 说，如果她们还想再度登上瞭望塔，我会帮忙把所有的乐器——就连我的贝斯也算在里面——都搬到塔顶，至少在通天的螺旋长楼梯上，我们仍有时间再看看彼此。

B

我不知道。我真的不知道在 A 面前我能够说些什么。她从来都如此特别，总能让我想起烟尘中那一方透明的蓝天。她每次想要与我同行的时候我都无法拒绝。

她还是带我来了，穿过废弃的大街小巷，来到这间废弃的录音房。我们意外地走运，我找到了音箱、塑料拨片和琴弦，以及其他一些我以为只会出现在旧时小说里的物件。A 站起身来，不顾阴暗而环顾四周，突然，她大叫起来，声音仿佛可以穿透任何一处厚重的雾。她噔噔跑向一个角落，张开双臂拥抱一个黑沉沉的大型物件，然后发出老朋友会面般满足的叹息。我看过去时同样立即明白了：那里是一架三角钢琴。她亲手触摸了它，然后按响琴键，向世界宣告它的重生。当音符逐渐散到整个空间当中，她开心得像朵第一次见到太阳的鲜花。

当她弹得精疲力竭后，我任她靠在我的肩上，并默默地听她倾诉有关自己的一切：她喜欢乐器，特别是原声乐器，但也喜欢虚拟歌姬；讨厌现在所有的音乐技术，好比于讨厌阴魂不散的那一团浓雾。她说，乐器比任何自动程序都会演奏音乐，因为它们传达的是人的感情，而不是空无一物；虚拟歌姬比很多人类更像人，因为她们承载的总是人的心血，但某些人类并不总会将人类作为人而对待——人类曾愿意在技术中倾注人情，如今却只会将人套到技术的模子里，将人置于技术的废弃品中。她只是讨厌将自己交给机器，有时宁愿只弹奏一架三角钢琴，或是只调教一名虚拟歌姬。

"终究是我幼稚的一派胡言罢了，你也别信。"她最后是这样说的。我摇头，仍不能完全了解她与她的话语，但她告诉我的东西，即使地球毁灭我也不会忘记。

A

回到家的时候已经凌晨了。爸爸从未给我什么，但也从未弃我不顾。他为我留着一份娃娃菜，知道这是我最喜欢的。

地表的蔬菜供应又紧了，在我预料之中。人们很焦虑。我有些羡慕他们，因为他们仍在求生，仍怀揣生的希望。我不相信希望，站在瞭望塔的窗前，我不得不这样想，但其实我也并不想平静地等待灭亡。

B 拿着把破吉他如风般闯进了我的生活，我爱她就像爱蓝天；对 C 和 D 也是这样：我与贝斯一见钟情，同时又暗恋着鼓。这是我第一次这么亲密地与人相处，也好想和他们一直相处下去。要是我们真的永久生活在明朗的天地中就好了，就同祖先们最初期许的那样；或是说，要是我们真的可以让光驱散烟雾就好了。

离去与灭亡，前者对我来说更残酷。我毕竟忘不了彩色的大地，忘不了灵动的溪流，也忘不了蓝色的天空——即使她们只出现在昨日。同归于尽是无意义的象征，就像一步一步地走螺旋楼梯来到瞭望塔的最顶端一样，但我仍想拥有自己能够坚持的东西。

他们会离去的，我知道，在我和他们好好道别之后。但总有些东西应该被铭记。废弃的录音室中未刻录的黑胶，黑胶刻录机也并非不可能搞到，我会将那百岁有余的机器研究透彻，再带她到瞭望塔最顶端的。一言为定。

写到这里，我不由得回忆起了什么：幼时，爸爸很喜欢鼓捣这样的机器，也是他教我敲键盘的。后来很多事情都变了，地表经济衰落了，他被工厂辞退后就再也没有动过此类活，也不再关心我的成绩、我的人际交往，以及一般人会关心我的一切。他只会问我还有没有继续玩音乐，我回答有的时候，他会笑起来。

明天我就去找黑胶刻录机，今天晚上太黑了，但也太炫目，好想把发生的一切都化成乐曲写下来。如果真的有这样一首歌存在，那她一定会成为近百年来最好的作品之一。所有喜欢音乐的人都无法否认这一点。

而录制于瞭望塔顶的那张唱片也将成为最好的唱片。我知道 B、C 和 D 都无法否认这一点。

我很困了，才发现新公告贴在电子传呼机首页，内容却专供给地下城。标题是这样的：地球超负荷？我们仍能拯救人类：星际移民即将开始。

指导教师：陈达姗

剪　楼　房

◎黄韵霏

　　谨以人生中第一篇落笔写下的童话体文章，纪念
已经逝去的，因为舍友和同学们而充斥着快乐的高三
和永不消逝的童心、童趣。

　　阿猫在心里算了一下，这已经是他剪楼房的第一百一十二
年的第九十一天了。

　　阿猫早上绕出卧室时，曾靠着窗子口俯视了半刻钟，今天
太阳很好，半空里透亮没有云。很快地，阿猫心里有了数儿，
于是继续咔嗒咔嗒地离开了他的大楼房。——如果你也能趴在
窗子边儿往下看，你可以看见许多橘子皮一样的屋顶，密密麻
麻的小楼像麦子茬儿似的，趁你不注意就戳进软乎乎的云
里了。

　　不过呢，这不是我们故事的关键。这座小镇里美妙的故事
太多太多，其中有一个故事，就有关于这只叫阿猫的机器人。

　　阿猫是一个机器人。而且，是一个专门剪楼房的机器人。
楼房当然要剪啦，如果不定期修剪的话，它们很快会鼓足劲儿

吸收土壤里的养分，"吱呀呀——"地长得很高很高，一直长到连阿猫也够不到的天上去，长到把天上的老住户月亮都挤到了角落里，这个时候，连镇子里最高的阿猫用它的大剪刀也碰不着楼房顶了，大家只能任由它这么长着——你总不能拦腰把它剪断，让它压垮大半个小镇吧？所以，剪楼房一直以来都是一项非常重要的工作，剪楼房的阿猫，自然也成为整个镇子里最受人敬重的住户之一。

　　阿猫每周都要离开自己的楼房绕着小镇溜达几圈，他要做的事情，就是用他的爷爷传给他的爸爸，他的爸爸又传给他的那把银光锃亮的大剪刀，把所有过高的楼房都给剪下一截儿来。至于那些扑棱棱掉下来的钢筋、混凝土、闪闪发亮的瓷砖、碎玻璃、大大小小的瓦片，阿猫会小心翼翼地把它们收进一个大袋子里，春天一到，他就背起袋子，把破碎的砖瓦们铺洒在小镇里那些几乎不肯长楼房的、贫瘠的土地上。来年开春的时候，这里的楼房就会开始冒尖儿了。这项工作，阿猫一向做得非常好，而且从来没有出现过诸如让楼房长到天上去之类的重大失误。他向来对此感到非常自豪。

　　今天的天气是真的很好，远处的太阳让阿猫浑身暖意融融的，甚至让他的齿轮也转得更快了些，没多久，他就来到了自己计划好工作的那片地方。阿猫今早其实不太舒服，可能是刚刚喝的柴油里混进了小飞虫，不过，作为一个兢兢业业、从不偷懒的剪楼房机器人，这可不是他不好好工作的理由。他继续向前走着，一边走，一边抱起比自己还大的剪刀熟练地比比画画。

"咔嚓——咔嚓——"阿猫开始动剪刀了，那声音就像是一百只兔子同时咬下了一大口萝卜。

"咔嚓——咔嚓——"阿猫尖尖的耳朵微微动了一下，可能是听见了某些低矮的楼层里传来的嬉笑声。

"咔嚓——咔嚓——"很快地，一小片楼房全都处于一个水平高度上了。

"咔嚓——咔嚓——"

"——别剪！"

忽然他听到了一个声音。

可那声音实在太小，阿猫没有回声定位系统，也不能辨别声音的方向。他不知道，不过也可能是听错了。于是阿猫继续挥舞起他的大剪刀，"咔嚓——咔嚓——"

"别剪了！"

这次声音大了一点儿，但阿猫实在太专注于他的工作了，"咔嚓——咔嚓——"

"不要再剪啦！"

这次阿猫听清了。它放下手里的剪刀，弯下腰开始一个一个小楼地寻找声音的来源。嗬，没过多久，他找着了，有一只兔子，她正坐在窗口，直勾勾地盯着他，她看起来不满极了。兔子居住的这栋小楼，是一个规规矩矩的圆柱体，和那些方方正正的传统楼房完全不同，阿猫几个星期前就对这栋小楼有点儿印象了。阿猫和兔子对视着，他惊得说不出一句话来，他有点儿发蒙了，要知道，这个时候待在小楼的顶层，是多么危险的事呀！阿猫早就通知了这个片区的居民剪楼房的时间，这个时候，他们绝不可能在外面闲逛，或者跑到高楼层去喝茶、休息或晒太阳。他坚硬的不锈钢手臂在不自觉地发软，全身的每一个零件都像浸足了冰水似的，刚才剪楼房时产生的热量，一瞬间全都从缝隙里溜得无影无踪。

"你非要剪楼房干什么呀？"

兔子把脑袋探出窗户，有点儿不高兴看着他。

"如果不剪的话，楼房会长得很高很高，一直长到星星，长到月亮上去……"

这是个新住户，阿猫心想。

"月亮多美啊，长到月亮上去怎么了？"

"可是……可是……"阿猫急了。他已经剪了那么久那么久的楼房，他近乎虔诚地守护着自己的工作，几乎都快忘了要剪楼房的初衷了。"总是要剪掉的呀，楼房长到天上去的话，下一次楼要花多少时间哪，你总不能一直待在自己的家里吧？"

"我就是要一直待在自己的家里……不管怎样，阿猫，不要剪我的小楼，好吗？把这儿留下来吧，求求你……"

"不行不行。"阿猫把头摇得像个拨浪鼓，"楼房不能长那么高，到时候处理起来会好麻烦的。你想想，如果每一栋楼都长到了天上，我们就再也没法在地面上看到太阳啦，那时镇子就像一片森林一样，黑乎乎的，楼房压着楼房，谁也看不见谁。这是不行的，小姐，很抱歉，我必须把这儿高出标准的部分给剪下来……"

"求求你……"兔子的眼睛一下子滚出了泪水，她真的着急了。阿猫吓坏了，他一下子不知所措了起来，在他几十上百年的职业生涯中，可从来没遇到过类似的情况——剪楼房对世世代代在这里生活的居民来说，是多么自然的事情啊！况且，突然面对一个在他面前哭泣的姑娘，阿猫的心里几乎只剩下了绝望了。"求求你，"兔子哽咽着重复，"把这留下来，我不能看着它被剪掉。这层楼对我来说非常重要，你难道就没有什么很重要很重要、绝对不能抛弃的事情吗？"

"这……"阿猫为难了，"剪楼房是对我来说最重要的事情……"

"绝对不行！"兔子突然从哽咽变成了号啕大哭，"拜托你，把它留下来吧，我们的镇子里多那么一栋长到天空上的楼也不是多大的问题，是不是？"

那可不一定，那我就是历史上唯一一个把楼房剪到天上了的机器人了，阿猫想。可是，兔子颤抖的声音，低泣时不断起伏抖动的肩膀，还有恳求时带着绝望的语调让他根本没有办法不去理会。他纠结了好一会儿，弯下腰，轻声地问："兔子小姐，你可以告诉我，为什么你一定要保留这层楼房吗？"

兔子停止了哭泣，就好像突然看到了什么希望似的。"你靠近点儿。"兔子示意他。阿猫把自己压得更低了些，圆圆的大鼻子都快要贴在了兔子的窗户上了。"再贴近点儿。"兔子说，"你往里面看嘛……"

里面是什么呢？

他看见房间的弧形墙壁上全是水彩画——好多好多幅水彩画：两只兔子在软软的草地上打着滚儿，就像一对圆滚滚、毛茸茸的小球一样，飞扬的草末正扑向你几乎闻得到芬芳的空气；两只兔子正抱着一只巨大的胡萝卜，一个从萝卜叶往萝卜尾啃，还有一个正从萝卜尾啃到萝卜头；两只兔子扛着小锄头和大铁锤，他们依偎着，信心满满地看着眼前这一小块杂草丛生的土地；还有一幅画儿是在夜晚：两只兔子正站在现在的这栋小楼前，他们的头顶上，天穹群星闪烁，沉静无声。那个时候，这栋米黄色的楼还只是一幢一层楼高的小房子呢！嗬，每一幅画儿都是两只小兔子，全是兔子，阿猫又仔仔细细地看了一会儿，他认出有一只是眼前的这位可爱的白兔姑娘。还有一只，是一只灰色的小兔子，他在大部分画面里都戴着一顶黑色的小礼帽，看起来腼腆害羞极了。这些让人心都快融化了的画儿们，都是用颜色很鲜亮的水彩一笔一笔地铺在墙上的呀，这么多的画，没有开头，没有结束，甚至没有什么大大小小的编排，就这么一幅一幅地盛开在了米黄色的墙壁上，从外面看上去，这栋小楼除了它的形状外，没有一点儿特别的地方，谁会想到在最高的一层里还隐藏着这样的秘密呢！

阿猫明白了。

"小姐，我能知道你叫什么名字吗？"他轻声问。

"我叫奶糖。"她舔了舔樱桃粉的三瓣儿嘴唇，"你看，他叫布黑，布谷鸟的布，黑芝麻的黑。"

她看起来非常快乐，而且自豪极了。

"你想留着这些画儿，对吗？"阿猫问。这个时候他的语气已经变得柔和多了。

"是呀……"奶糖说。她似乎已经完全忘了自己几分钟前还在号啕大哭来着。"你看，这是我们第一次一起去白羊公园旅游……这是他正在给我削脆皮柿子和水蜜桃……这是我俩在番茄谷的一片竹林里打秋千……这张，"她突然顿了顿，然后饱含深情地继续说了下去，"你看，这是我们刚搬进这新房子的那一天。"

阿猫知道她在说哪一幅，他猜到了。画儿里的月亮亮亮的，弯弯的，像是在朝他笑。阿猫看看，看着，他感动极了。他觉得自己机械的身体里仿佛有什么热热的东西在涌动。在工作闲暇的时候，他也曾去过白羊公园，他不知为何想到了有一个夜晚在白羊山山顶抬头看到的星星和宇宙。那给予了他第一次很深切的关乎"感动"的记忆。阿猫感到了为难——奇怪，他问自己，机器怎么会为难呢？

"布黑也在吗，奶糖小姐？"阿猫轻轻地问。

"他在城北买萝卜，我最喜欢吃城北产的萝卜，不喜欢吃城南的。"奶糖说，"他很快就会回来的。"

"你看，阿猫，这是我和布黑画了好多天好多天才完成的呀……"奶糖的大耳朵几乎已完全耷在了背上，她看起来可怜极了，就像是你随时不小心说错哪句话她都会委屈得落下泪来似的，"所以……所以……好吗？我不能……我不想……让它们被毁掉。"

"不剪楼房啊……"阿猫犹豫了。

不剪楼房肯定不行啊……祖宗留下来的规矩……楼房太高了就是要剪掉的……

这些画……天哪，这可怎么办才好呢……

楼房会长到天上去……画儿会全毁掉……

阿猫在心里念念叨叨了好多好多遍。他在这之前的一百一十二年和九十天里，都没有遇到过这么令人纠结的事情！

阿猫背过身去，不敢直视奶糖的眼睛。此刻，镇子上的一切正欣欣向荣地朝着太阳聚拢。可他感觉，似乎一瞬间所有关于生命的运动都停滞了。所有的物体都转过身来，毫不眨眼地注视着他，无数双眼睛在凝视着他，花骨朵的眼睛，草芽的眼睛，萝卜的眼睛，楼房的眼睛，兔子的眼睛，太阳的眼睛，天空的眼睛，隐蔽在白昼之后的星星的眼睛，而他也注视着它们。天空让他想起摇摆的芦苇，因为它们都不知道答案。他也不知道，而且，没有任何人会给他回答。

阿猫想起在他还很小很小的时候，所有的小楼都笔直地沐浴在阳光下，所有的青草和野外的雏菊花，胡萝卜和白萝卜都是在这样的阳光下快快乐乐地、毫无顾虑地生长起来的。太阳很热，可是它的光辉却很柔软，就像透明而有温度的水一样，汩汩地流进了记忆里。他依稀能回忆起，当他还是个孩子时，爸爸曾带着他从小镇的第一条街一直忙碌到最后一条街，他们一同劳作，一同休憩，在呼呼的风响里"咔嚓""咔嚓"地把所有的小楼都剪得像麦子茬儿。"孩子，守护好这个镇子。"爸爸说，"这是我们的职责，也是我们的使命。你要永远把你对工作的尊敬当成你信仰的一部分。剪楼房是很神圣的事。我们的祖先们，世世代代，从来没有谁亵渎过它。"

"……我想不行，亲爱的奶糖……对不起……"阿猫的声音越来越低，最后几乎成了极小声的呜咽。但这微弱的声音里却透着一种极其清晰、极其坚定的力量，一种不可改变的、充满矛盾却又绝对坚定的意志，阿猫想明白了。此刻，他必须努力克服自己内心的摇摆，感性的洪流绝不能冲破堤岸，并改变他出于理智作出的无可奈何的选择。至少他知道现在什么才是正确的，即使在很多时候坚持做正确的事情确实非常困难，他低下头，不敢迎接奶糖的目光。这一次不是犹疑，而是出于满心的愧疚、无能为力与悲伤。

奶糖哭了。

"你如果非要剪它，我就不离开这里。"

不走怎么行？有一只兔子待在顶层，这让他怎么在自己可能动摇之前赶紧完成工作？"我……我知道你舍不得。"阿猫嗫嚅着说，"好姑娘，离开这层楼吧，剪楼房的时候，七楼以下才是安全的地方。"

阿猫说着，声音越来越低。忽然，他听见脚边传来了一个细小的声音。

"我真的很抱歉。"那声音说，"对不起，阿猫，我们……我们是第一次来这个镇子。"

是布黑。

他和画里的那只兔子太像了，以至于阿猫一眼就认出了他。"亲爱的阿猫，让我上去陪着奶糖吧。"布黑不安地开口了，"我带了她最喜欢吃的那种萝卜回来。她哭了吗？"

阿猫没有说话，他默默地移开自己庞大的身躯，给眼前这只瘦小的兔子让开了一条道。他目送着布黑走进小楼，悄悄站在奶糖身后，他注视着他轻轻地拥抱着她，他看见她在他的怀抱里逐渐停止了哭泣，他看着她因为太过疲倦，在他的怀中安然地进入了梦乡。

阿猫离开了楼房。他的心里五味杂陈。他惭愧极了，却又忍不住为自己的失职感到痛苦，未知的未来让他感到忧心，甚至恐惧。但他没有任何办法，他站在自己的小楼里，凝视着远处他碰也没碰过的那栋圆柱体米黄色楼房，那天晚上，他第一次忘了在休息之前打满第二天要喝的柴油。

傍晚是宁静的，所有相爱的人们都应该回家了。他在自己的窗台上站了很久很久，窗子之外，有炊烟开始升起，云后奇怪地传来风铃的歌唱，众多的楼房顶齐刷刷地反射出橘子皮色的光。

"我不剪楼房啦，你们下来吧。"

第三天的时候，阿猫对他们说。

"谢谢你，亲爱的阿猫。"奶糖正趴在窗台上擦拭玻璃，她探出头，向阿猫竖起了耳朵，"我们再住一会儿，再住一会儿。"

第五天的时候，阿猫兜兜转转，再次来到了他们的楼下。

"我真的不剪楼房啦，下来吧，奶糖，布黑！"他告诉他们。这个时候楼房已经比阿猫高了好几头了。

"我们想多待一会儿。"布黑回答他，"我们喜欢这里，亲爱的阿猫。"

"我真的不剪你们的楼房啦！"第十五天的时候，阿猫又来到了楼房底下。这个时候他们的小楼已经很高很高了，比小镇里其他任何一栋建筑都要高得多。阿猫觉得，再过几个星期，连他的大剪刀也碰不到楼房顶了。

过了许久，阿猫才看见一只雪白色的兔子从窗口中探出身子。"阿猫，我和布黑想好啦，从今以后，我们一刻也不离开这里，永远不离开。"

她兴奋地告诉阿猫。

"永远不离开？"阿猫吃惊地张大了嘴巴。过了很久，他才结结巴巴地吐出一句话："那……楼房里可没有萝卜，你们吃什么呢？"

"我们可以自己种着吃。"奶糖说，"楼房会越长越高的，我们会有越来越多的地方可以种萝卜。反正萝卜的根扎得也不深嘛。"

"可你们没有土哇。"

"是呀。"奶糖说，"所以，我们需要你的帮助。"

"我？"

"阿猫，你可以用你装楼房的大袋子帮我们带一些土来吗？"

他为什么要帮助他们呢？他不知道。如果没有他的帮助，也许兔子们很快就会放弃永远待在楼房里的想法，那个时候，他是不是就可以完成自己剪楼房的使命了呢？阿猫心里想着。

但他还是把泥土送来了。大布袋里装着满满当当的新鲜的、软乎乎的土，这些都是他从镇子里最肥沃的地方搬过来的。

两只兔子真的在楼房里种起了萝卜。于是，小楼一直长啊长，有一天早上，当刚刚睡醒的奶糖推开窗子时，一大团云朵忽然"扑落落"地涌了进来。

"我们的楼房长到云里啦。"奶糖呼唤布黑。布黑睁开惺松的眼睛，天哪，眼前满满的都是软和和的云朵，他简直要找不到藏在其中的那只雪白的小兔子了。

"我们寄一朵云给阿猫吧。"布黑说。

于是他们开始准备给阿猫的礼物。很快，云朵打包好了。可是他们把头探出窗子时，两只小兔子忽然间想起了一个大问题。

"这么高，要走多久才能下去呀。"奶糖发愁了。她想起了阿猫曾说过的话，"楼房太高了，下楼要花多长时间哪……"

"别担心。"布黑说，"喜鹊朋友们每天早晨都会经过，说不定他们可以帮忙。"

喜鹊朋友们真的来了。他们衔着云朵，一直飞到了阿猫的小屋里。阿猫正在暖融融的日光下打盹儿，这个时候，离他放弃兔子们的楼房已经过去了很久很久，阿猫的身边，已经多了一只更小的阿猫。

"这是奶糖和布黑的礼物！"阿猫高兴极了。他一下子想起了许多年前与两只兔子相识的经历。"喜鹊朋友们可以飞到楼房顶上去，真是太好了，我要捎封信给布黑和奶糖。"

又过了很多年后，在一个平常的清晨，当布黑像平常一样亲切地将奶糖唤醒时，他注意到有一只喜鹊在他们的窗外不停扑棱着翅膀。他打开窗子，喜鹊欢快地叫了一声，亲切地啄了啄他的毛，然后迅速地飞走了。紧接着，一张字迹歪歪扭扭的信纸飘了进来。

亲爱的奶糖和布黑：

好久不见。还记得上次我写信告诉过你们的小阿猫吗？我最近越来越没有力气了，几乎所有的楼房都是他一个人修剪完的，他做起活儿来认真极了，我觉得我很快就可以很放心地把这个镇子交给他啦。

我最近感觉不太好，有一天我一口气喝了五桶柴油，可还是全身软绵绵的。奶糖、布黑，我想我很快就要离开你们，还有我喜欢的这座小镇了。我很想很想再见你们一面，不过，我知道要你们来看我一趟实在太麻烦了——楼房都长到那么高了，天知道下来要走完多少级台阶呢？但是，没关系，我想，我度过了充实且幸福的一生。

我最亲爱的两位朋友，继续好好生活，我爱你们。我祝愿我们的城市永远美丽，我祝愿你们的一生永远自由，永远、永远幸福。

你们的老朋友　阿猫

于是两只兔子开始往楼下走去。他们走哇走，走了不知道多少天，吃掉了不知道多少根萝卜，终于走到了阿猫身旁。小阿猫正守在一侧，他看见了他们，轻声唤沉睡的阿猫睁开双眼。

"你们来了。"阿猫说，"太好了，我的老朋友们。"

然后他闭上了眼睛。

"他走了。"小阿猫说。他想哭，但他的眼里没有泪水，他无法流泪，任何带有杂质的导电液体对它来说都是一个非常重大的威胁。他没有感觉特别悲伤，他知道父亲是在完成了一生的使命之后安然地离去的，那只是一种奇怪的、空落落的感觉，就像是隔着玻璃在触摸什么你触摸不到的物体，但这种感觉是经不起反复咀嚼的。似乎有一种水一样清澈的流体正在渐渐浸透他身体的每一个角落，将他从真实的感官世界中一点儿一点儿地抽离。他还在这里，那么年轻、那么充满力量，但这些在死生面前是没有意义的。他知道有些东西已经一并逝去，并且再也不会回来了。

"我送你们回去吧。"很久之后，他转过身，对两只兔子说。

"谢谢你。"奶糖回答，"不过，我们可能回不去了。"

"什么?"小阿猫惊讶地问，"你们不回去?"

"爬楼梯这样的事，确实不是适合我们这个年纪做的。"布黑说，"更何况还是几万级楼梯呢。"

他确实非常老了。小阿猫注意到，他本应周身黑得发亮的毛已经褪成了暗淡的灰色，而且，他每说一句话，都要微微停顿两三下，就好像一口气根本不够他说完一句完整的话似的。

"那可是你们的楼房啊……要是不回去，你们住哪儿呢?"小阿猫开始着急了。

两只兔子相视一笑。

"我们住在地面上。"奶糖说，"我和布黑已经在天空中度过了生命中的一大半岁月，接下来，就让我们在这片生养楼房的土地上度过我们的余生吧。"

"那些画儿……"

"让它们留在天上。"布黑说。

"可是它们很重要……"

"是很重要，是的。可是我想，没有关系。"

他说这句话的时候看着奶糖的眼睛，奶糖笑了，这让布黑感到幸福。

"真好……我必须去工作了。"小阿猫说，"我想，这才是爸爸最希望看到我现在做的事情。"

他转过身去，拾起搁置在桌下未曾落灰的大剪刀。楼房之外，晨曦开始渐渐明亮，布黑顺着光低下头去，轻吻奶糖的眼睛，这时候有一束光忽然走进来，把所有的轮廓一一勾勒成了柔和的奶白色。

"爸爸告诉我，守护好这个小镇，是我们的职责、我们的使命。他让我相信对工作的尊敬应该是生命中信仰的一部分——是极重要的一部分，我现在想。爸爸说，剪楼房是神圣的事，为了镇子的和乐，镇子的安宁，为了永不止息的爱能在这片生养我们的土地上自由生长，并赋予一切生命生的幸福，我们的祖先们，每一个人都矢志不渝地奉献了自己的一生。"

很久很久以后，当一群又一群叽叽喳喳的小兔子们渐渐长大，这栋不肯被修剪的米黄色的小楼，依然在不停地生长着。它脚下不知什么时候被谁种上了一小片郁金香，那些花儿开了又开，很快就连成了好大的一丛；楼房旁边尖尖的草已不知道被调皮的小兔子们啃掉了多少次又钻出来了多少次了，在夜晚，有时会有风铃的歌声从云朵背后传来，音符从天上飞落，直扎入草堆里，很快地，天空将再度归于悠长的宁静；有一层的牵牛花从窗户缝里钻出了房子，没过几年，就迅速地攀满了整栋楼的墙壁，并在所有的角落里张扬地留下了大小不一的淡紫色喇叭花——毕竟，植物总长得比楼房要快些嘛。

有一个特别晴朗的夜晚，当小阿猫和镇子里的居民们像平常一样抬头看星星时，他们惊讶地发现，小楼的最高一层已经挨到月亮了。从那以后，它就忽然停止了继续生长——真的一点儿也没再长过，没有谁知道为什么，连小镇里最有智慧的老者也说不出原因，于是大家很快也不再去寻找什么原因了。星星熄灭，太阳跃起，天空滚动，小城里的生活一如既往，只有剪楼房的小阿猫大大地松了一口气，他再也不用担心楼房无限生长把土地给压垮的事情啦。

紫色的喇叭花早已覆盖了所有的米黄色墙壁，每天清晨，当光柱从极高的天上倾泻下来时，它们便咿咿呀呀地张开六瓣口儿，借着每一缕经过的风，诉说起了一个发生在很久很久以前的故事。很多年轻的兔子们都被这个美好的故事深深吸引，他们携起手，一起走进这栋许多许多年没有人居住的小楼，一起往上走哇走，走了很长很长的时间，一直走上了小楼的最高一层。没有人知道，为什么这些美丽的画儿在经过了这么多个年头之后还是像刚绘成似的斑斓明亮，如果有人推开弧形房间的小窗，甚至可以直接触摸到那颗圆滚滚、亮晶晶的水晶球似的月亮，它似乎也想看清墙上的每一幅水彩画儿，总是格外热情地把自己牛奶般的光芒全都倒在画上。据说，每一对一起来到这房间的小兔子，都会得到最美好、最美好的祝福：他们的爱情将永远不会凋谢，他们的一生将如奶糖和布黑一样安宁而幸福。而这栋全小镇最高的建筑，将永远安安静静地、令人欣喜地矗立在这儿，它不仅没有遮蔽太阳，反而成了辛勤工作的阿猫剪楼房时最喜欢的参照物，白天，攀缘的牵牛花在对开的窗户间轻轻地颤动；夜晚，星星斑斑点点，落向无人修剪的楼房。

指导教师：陈达姗

星际间的雏菊

◎叶静怡

维克多在一片昏暗中醒来，他用鼻子嗅了嗅这片黑暗的气味，是淡淡的雏菊香。这股气味使维克多的大脑受到了冲击，一些模糊的片段在脑海中浮现……"一位白衣少女在雏菊花海中矗立着，一阵风吹过，少女金黄色的头发随风舞动，散发出的也是淡淡的雏菊香"——这个画面已经在维克多的脑海中反复出现过很多次了。"你……到底是……谁?"这句话在一片黑暗中飘浮着，无人回答……

维克多起身打开光照板，黑暗逐渐褪去，视野变得逐渐清晰。望着寂静神秘的宇宙，维克多显得异常平静，仿佛对面前的景象已经见怪不怪了。维克多瞥了一眼身后乱糟糟的床，把头又扭了回来，低声说道："Turn to morning!"此时，球体迅速转动，一边超速飞行一边将内部转换成办公模式。维克多悠闲地吃着早餐，出神地望着那束可爱的雏菊……"咚咚咚"，"您好，先生，请出示一下您的居住证。"维克多回过神来。他迅速整理好着装，小心翼翼地拿着一沓文件，从球体中走向转换通道。"这是我的居住证。"维克多说道。"啊!原来是维克多先生，您这次星际巡察还顺利吗？""嗯，算是一切顺利……"维克多勉强挤出个笑容说。"啊？星际难不成又发生了什么大事吗？"查证员继续追问道。"马修……有些事也许不知道会好许多……"维克多的眼神暗淡下来，比起刚刚，似乎是一个无底洞。马修不再追问。维克多急匆匆地向深处走去，那里是一个巨大的球体，比起维克多的，要大许多。这个球体是人类来到星际后想要成为星际种族，定居星际的一个高科技发明。这个球体里的一切都是智能化的操作，无须人类自己再动什么手。球体中央有一根巨大的玻璃管，这个里面储存的就是人类生存必不可缺的氧气。这根玻璃管是主管，其他分管都被隐藏在这个巨大球体的各个部位。

维克多绕过主管，来到内部——"核心厅"。

"嘿，伙计，好久不见！快过来，看啊，这是第五代球体的设计图，这个球体要是研发成功的话，可比现在还要方便。""埃里克森教授，我们要遇上大麻烦了，现在星际可一点儿都不太平，我们必须立即终止球体五号的研发！"维克多的脸苍白，神情严肃。"哈哈哈哈，维克多，你还是老样子，操心一些根本不可能发生的事。算了，说说吧，我们遇上什么大麻烦了？""教授，我这次进行星际巡察，发现人民生活得并不好。我们目前的法律规定是有问题的。""有问题？伙计，这怎么会有问题呢？我觉得这个规定非常好。""好？那是对于您这种优质公民而言。看看规定：1. 普通公民要礼让优质公民，要向优质公民学习（脑力劳动者被视为优质公民）。2. 危险来临时要先保护优质公民。3. 普通公民不可伤害优质公民。是，这些看起来是没有太大问题，但是行政官们（掌管人类星际生活，维持秩序）并不是按此去做，在他们看来，此法律意味着普通公民是优质公民的奴隶！教授您知不知道，这次星际巡察我才发现，每次新一代球体的研发都需要普通公民们没日没夜地工作，已经有一大批人劳累过度而身亡了！而且，我发现，马上又要有一次太阳黑子爆发了，这次的爆发足以使人类灭亡……我想您研发五代，是要保全优质公民的性命吧……那些普通公民是不是就这样了啊？……"教授沉默了，他望着维克多叹息道："伙计，我们……我们也做不了什么，先保全自己吧……"

维克多心如死灰……

独自一人在星际飘浮着，维克多的双眼空洞，在这片黑暗中，在这片死寂中与那束美丽的雏菊一起等待着死亡的降临。

"嘣！"一声撞击声，将维克多拉回了冰冷且残酷的现实，他望向声源处，发现了另一个球体。"没想到，也有和我一样迷茫的人啊！"维克多心想着。不知是什么神秘的力量推动着维克多按下了接纳按钮。在一片寂静中，两个孤独且迷茫的球体渐渐融合……

维克多的眼神突然一下恢复了灵气！是一位少女，是一位白衣少女！维克多的记忆猛地被戳了一下，白衣少女在雏菊花海中矗立着，一阵风吹过，少女金黄色的头发随风舞动，散发出的也是淡淡的雏菊香。维克多飞奔上去，他将这位少女拥入怀中，"奥利维亚，奥利维亚！我终于找到你了！"尘封的记忆终于被唤醒了，这位少女是维克多一生挚爱。少女用颤抖的声音说道："维克多……是你吗?"少女的眼泪如珍珠般滑落,她紧紧地抱着他……

在这片黑暗中,雏菊花点亮了它!雏菊花用自己的纯洁与美好点亮了这片黑暗!

维克多和奥利维亚依偎在一起,他们看到的不再是一片黑暗,而是闪耀的星际。奥利维亚金色的头发随意地散在维克多的肩上,她知道,维克多是优质公民,如果两人在一起的话,维克多将会变成普通公民。奥利维亚缓缓站起身,俯下身来,轻声对维克多说:"维克多,你是优质公民,你有生的希望,我希望你能好好活下去,替我活下去,如那美丽的雏菊花一般,积极向上地活下去!"维克多愣住了,他望着眼前这个纯洁可爱如雏菊花的少女一言不发……

"我不会离开你的,我好不容易找到你了。我想如果这次的终结(指太阳黑子爆发)能使人类意识到一些深刻的问题的话,我愿意和你一起见证!"奥利维亚望着维克多那坚定的眼神,笑了……

黑子爆发还是来了,维克多和奥利维亚依偎在一起,望着神秘的星际,一起消失在黑暗之中……

点点星光中,一朵美丽的雏菊在星际间飘浮,给新的地方带去新的希望……

指导教师:朱缘新

散文随笔

引　言

　　"散文随笔"是一个充满创新和探索精神的领域。在这里，我们将打破传统的习作形式，尝试各种自由的表达方式和写作技巧。我们鼓励作者自由发挥，不拘泥于传统的文体和格式，而是勇于创新，探索文学的无限可能。

　　在"散文"中，我们将看到散文、评论、随笔。这些作品或许在形式上不拘一格，但它们都是作者真情实感的流露，是对生活的深刻感悟和对艺术的独特追求。正如引言中所提到的，创意往往意味着打破和更新，我们希望通过这些实验性的作品，激发读者的思考，拓宽文学的边界。

　　我们相信，文学的价值不仅在于传承，更在于创新，我们期待与作者和读者一起，探索文学的新领域，发现表达的新方式。我们相信，只有不断地尝试和突破，文学才能保持其活力和魅力，才能更好地反映时代的精神和人们的心声。

同时，我们也希望通过这些表达自我的作品，激发读者的想象力和创造力，让每一位读者都能在阅读中找到自己的灵感和创意。在这里，每一次阅读都是一次新的发现，每一次思考都是一次自我超越。我们期待与您一同在想象的花园中，徜徉、探索、成长。

北欧夏令营小记：追寻林格伦

◎金子轩

启程去维莫比的林格伦故居。一路上，车都在茂密的树林里穿梭。

车窗外是瘦高的白桦树，树干纤细如竹，但笔直挺拔。我知道它们拥有最坚韧的心，最坚韧的魂魄，因为它们凭借着如此瘦长的身躯，撑过了一轮又一轮北欧冬日的严寒和狂风。如今，盛夏的阳光温暖着它们，它们脚下的草地被它们的影子割成一道又一道金色。有风，我看见漫山遍野的白桦树，毛茸茸的树冠如浪涛般狂舞，不禁想听听他们在风中的歌唱——那一定会是格外盛大而震撼的。

林格伦故居博物馆就坐落在这样环境优美的瑞典乡下，故居是乡村典型的红墙白屋顶的老木屋。清风起，花飞舞，卷地回旋，送我走进阿斯特丽德·林格伦老奶奶的一生。

林格伦从小受童话熏陶，即使命运多舛，她仍以一颗充满爱的心去为孩子们带来快乐。看到这样善良、坚强的女性最终过上幸福、被爱的生活，我是多么宽慰。

上个学期才写过《淘气包埃米尔》的阅读札记，觉得林格伦童话和安徒生以及其他地方的童话有很多不一样的地方，第一是它所体现的现实主义精神，第二是它基于现实的荒诞与喜剧。淘气包埃米尔生活的伦纳贝尔乡村里，居民都是最平凡、最普通的人，也许我们看到更多的是他们的美好品质，但其实他们有时也会暴露出小缺点，只是并不过分，让我们觉得人们就应该是这样。长袜子皮皮的力大无穷固然超于现实，但这种超现实只是对人类固有能力的放大，并没有像腿变鱼尾，拥有魔法等凭空出现的能力那样过于奇幻，反倒这种超能力可以使各种荒诞的喜剧诸如警察被随意举起变得理所当然。至于皮皮和埃米尔都干出了一系列捣蛋、荒谬的事情，使大人们倒霉，应该是对儿童天性的放大和赞美吧。儿童无拘无束，大人们也许会"吃亏"，但这一出出生活的喜剧，不也是令人愉快的吗？这样的孩子不也挺可爱吗？幼稚、童真不能被束缚，而它们随着成长逐渐隐没的无可避免性，则使它们更加珍贵，林格伦童话重视的也有这一点吧！于是小朋友喜欢皮皮和埃米尔，因为林格伦能用儿童的思维方式写作，展现他们想干的事情，现实色彩的喜剧和不幼稚的语言则能吸引慢慢成长中的朋友，比如我，以及早已长大成人的大人，所以埃米尔的朋友不只有小孩（这是我阅读札记的标题）。在不同年龄时读林格伦，大抵有不一样的感触吧？所以，林格伦奶奶的童话是全世界各年龄段人的珍宝！在世界上充满浪漫与幻想，抑或现实过度以致悲剧得不像童话的不同极端的童话中，林格伦童话独树一帜，好像在为世界上色时，并不沿用前人，并不投身潮流，而是创造出自己的颜色，在缤纷的洪流中畅然划过，带来崭新的精彩。

离开展馆时，我在留言本的一角悄悄写下"爱您，林格伦奶奶"，以表达我对永远的童话外婆的思念与感激。

最后去了林格伦童话主题公园，它就像林格伦的童话那样纯朴而实在，不像国内的主题公园被机动游戏占满，机器轰鸣喧嚣。园内草坪上绿意葱茏，阳光染金了树叶与草地，还有木质的爬梯。走过弯弯绕绕的阡陌，有小小的木屋和喷泉，如同置身于古老的童话。没有说明、没有规则的人力的游乐设施，使"怎么玩""玩什么"充满了新意与可能，它们给了孩子们最简单的幸福，而在这最简单的幸福上，孩子们能够用自己的玩法，自己的想象创造出几十倍、几百倍更大的幸福。在纯朴上搭建美与快乐，应该也是林格伦奶奶写作的初衷吧。我认为这就是林格伦童话诠释最好的样子——与其安排各种刺激的机动游戏，冠上某个角色的名字，不如还原恬静美好的，故事发生的乡村、小镇，配上野餐的空地和一群埃米尔的山羊，让人们真正沉浸式地体验童话，让人们一看到这公园内的景色，能由衷地感到："这很林格伦！"

在这怀旧、独特的游乐园的门口，我再度回眸，只见一群又一群五六岁的小朋友在洒满阳光的小路上嬉闹，有些戴着皮皮的假发，有些骑着木头做的艾米尔的小马，儿童眼里分毫未褪的天真与喜悦像一片又一片清明的海，使那久远的、童年的幸福蔓延到了我心中。于是这份经历的意义由此终于清晰明了：我不远万里来到这里，一个下午几小时的光阴，只是为了重温小时候读过的童话，为了认识、感激、怀念予我这么好的童话，这么多童年快乐的人。

指导教师：陈达姗

桂 林 之 旅

◎林金琨

　　小时候便听说"桂林山水甲天下，阳朔山水甲桂林"，心中不禁对这片仙境般的土地充满好奇神往。中考完后，便狠心买下桂林的火车票，去见识这古代文人墨客赞叹的山水。

　　离开大城市的喧嚣，乘着火车奔腾于崇山峻岭间，不见高楼大厦，内心似有一种如陶渊明"悠然见南山"的归隐之感，摆脱了中考前学习的紧张繁忙，来到山水间放松身心，初到桂林虽人生地不熟，但腿总有一种想着向前迈的劲，带着我四处走走转转。闻着那独属于盛夏的、略带些樟树叶清香之气，漫步于漓江边，望着江上时不时荡漾起的圆形水波，我被那清澈却又不华丽的江水深深震撼。偶然间看到江边显眼之处立了一块小牌，大致意思是禁止人为活动影响漓江水的自然生态，而这在大城市甚是少见，也实难做到。漓江之水经历千年而不浊，仍如诗词中所描绘那般清澈，或许是因历代的桂林人依山傍水而居，漓江山水已然是他们生活的一部分，心中流淌着敬畏自然的血液，依靠漓江而生却又不影响漓江自然生态，内心与漓江结成紧密的纽带了吧。

来到桂林，最重要的应该便是乘船游漓江了，站于船头的甲板上，感受着穿梭于山水间的江风，眼睛微闭着，仰头望向江边的一片青绿，如行于诗画中。小时便知道，人民币纸币上有一张背面印着的正是桂林山水，而此时游于江上的我急切地找寻着记忆中的那几座山、那弯曲的江水。看了许久仍未找到之时，我的身心却已有些疲惫，回到舱中看向窗外，在舱中未能见得完整的山，却只能看见眼前一片绿色的树木，以及些许嵌于山中的洞，当我尽量向山的顶峰，心中却忽感到一种畏惧感，纸币上的那些山看似精致微小，然而近距离看时却觉山有一种倾倒之势向我扑来。在自然面前人实在是多么渺小，若一座巍峨的山矗立于眼前时，人极目看向那被山雾缭绕的顶峰，震撼感以及由此而生的对未知的畏惧感或许杂于心间。看向自己身处的一叶小舟，人以及人创造的事物在自然面前实是微乎其微，心中对大自然的一种赞叹与敬畏之情油然而生。历代游人游于此时，感叹于它的壮丽，震撼于它那连绵而挺拔的山。心中的敬畏在游子之间传承着，让这一份桂林山水之美得以跨越几百、几千年，为今天所见。

桂林之旅虽已结束，但我仍难忘其山水之清澈，其山之美，以及桂林山水之美跨越古今的震撼。

指导教师：陈达姗

美丽异木棉于初冬时盛开

◎赵楚晨

蓝天铺就的幕布下，盛开的白色花朵缀满了枝头。今日无云，只有风中摇曳的白色蝴蝶在天空中交错。

恍惚间，我又回到了那个被暖阳轻抚的午后。

已不记得是何时了，只忆起是一个晴朗的周六。阳光无法触及的树荫下，是欢笑着的我们。轻风掠过枝头，洒下的是在风中摇曳的白色雪花。那时，我和同学拿着学校超市买来的饮料在树荫下歇脚。广州或许只有两季吧，已是十一月末，太阳的光线仍让人有些许睁不开眼睛。天空是湛蓝的，空旷的视野中，只有如雪花般的白色花瓣缓缓流动于头顶的宁静海洋里。

我们笑着，谈论着各自的生活。花瓣自眼前飘过，在阳光的照射下近乎透明。时间如同太阳的运动那般缓慢。水泥地上，吹落的花瓣在风中盘旋，带着我们模糊在记忆里的声音一直传到道路尽头的粉红色海洋之中。

我仍然记得，在踏出那条路时渐渐泛黄的楼宇。花朵与散射的淡金色光辉融为了一体，散落的花朵在地上汇成一条泛着暗淡金光的小溪。我们踏着遍地的繁花，在霞光中走向黑暗。走过那段路的时间很短，可现在看来却又如同一整个下午那么漫长。告别的声音隐没在墙角处的黑暗，我望向手中，一朵洁白的花朵正静谧地躺在那里。

又是一个初冬的午后，我将单车停在道旁，再次走向了那条繁花盛开的街道。我坐在曾坐过的花坛旁，抬头望向在蓝天下安静绽放的白色花朵。十一月微冷的寒风扫过枝头，花瓣如雪般从枝头泻出，在阳光的照射下近乎透明。记忆从心底流出，彼时的欢笑声仿佛仍萦绕在耳边，可现在，身边只有空荡荡的风声。

现在想来，那并非重大的一天，可是那与同学的回忆却给它镀上了一层不同寻常的意义。那平淡却泛着喜悦的碎片拼凑出了那一整个下午。时间一直在流淌，今时今日，花朵仍然如同记忆里一般美丽，但，那份与朋友畅谈的惬意，却如那吹过枝头的那阵柔软的风，一去不复返了。

不过也何必为此而伤时呢，心底的异木棉仍然盛开着。分别或许带着几分不舍，但是我们不过也只是别人生命里的过客罢了。我们的交往纵然被时间冲淡，但在心底留存的那份真挚的友谊却仍如眼前盛放的白色花朵般明艳而动人。如果时间可以倒流，我只希望那日的谈笑声融入风中，吹遍枝头盛开的每一朵异木棉……

指导教师：陈达姗

碎　笔

◎陈奕彤

　　散步。慢慢地走。有时怀着沉重的平静，有时携了一分雀跃。

　　不疾不徐，看屋檐有雨坠下，落入地上的湿漉。一次荡漾，星点微光四散开，又和好如初。

　　长廊顶部花纹精致，成簇的灯光灿烂怒放，明耀又不晃眼，细碎而温柔。心底一片炽热，眸中倒映着星河。

　　琴声轻柔。运动场的照明灯是那种一拍就糊的类型，在夜晚却也莫名可爱。内心轻盈时，目之所及皆是白花茫一片，似水般流转，浸透整个操场；郁郁寡欢时，还是一片白雾，却见落寞、恐惧、无力，欲发想肆意痛哭，却怎么也哭不出来。

　　每个人都浸没在同一个白茫茫的世界里，又形成独属于自己的小世界，一团团飘浮着，碰撞又散开。人很多，热闹得令人心安。

　　宽敞的连廊。很喜欢下雨，喜欢整个世界都湿漉漉的感觉，最喜欢处在大雨滂沱的中心，周围一片喧嚣雨雾，自己却温暖平静。若淋雨，便要从头到脚浇个透，透过衣服渗进灵魂，请求万能的主救赎自己的罪恶，洗净周身铅华。

夜晚，多情之时，回忆泛滥之际。

放空。想到了很多，但凝神望去，脑中的显示屏上又干干净净，是一望无际的白。

无休止的绕，曲曲折折，蜿蜒幽深，拐角的瞬间，无人的角落，周身的欣喜与秘密，只能说给夜听。

天知，地知。

更爱夜晚的世界，也最爱夜晚的世界。献祭过多少崩溃，感受过多少空洞，又拥有过多少释怀。最朴实的黑暗，也最华丽。

它虚无的贫穷，但又承载了太多故事与时间，所以富有。

所以热爱啊。

指导教师：陈达姗

天空的故事

◎金子轩

我凝视着天空之蓝。

天空静止而运动着，庄严而肃穆。云朵游移于湛蓝的宁静海洋中，如同朦胧而梦幻的符号，消解了我的意志。霞光间或透过永恒的天幕，不经意中，与云朵一齐徘徊在眼角的余光中。是远方的风荡漾出渐变的蓝色涟漪，让人发觉那庄严的运动。浓淡变化的蔚蓝晕染了整个天穹，如同拂过海面的浪花，绵延至无尽的远方。

可那天空似乎也永恒着。那无尽的、亘古的蓝，仿佛是星河尽头的起源之泉，充斥在天幕铺就的画卷。它于宁静中展露着那一抹最初的、纯净的蓝，那在心底深处，在那记忆深处徘徊的纯净之蓝。那是一份无邪，一份本初的圆满与永恒，如同那幻想中的伊甸园，在天真与无邪中感知神的意志。这朦胧的蓝色幻想之中，抑或是透露一份真实，一份于记忆之海中拾起的回忆碎片。那是如宝石般的纯真，勾起我通达永恒的渴求。意识融化在那澄澈的蓝天之中，渺小的灵魂向天空之境索求着永恒。似乎在对天空永恒的注视中，我已然忘却生命的短暂与幻灭。只有如那天空之蓝般的宁静游弋在灵魂之海中。

　　意识流动在蔚蓝之境，我想以那份无邪的纯真通达生命的永恒。可是天空只回以无言，以庄严的运动于流动的波纹中展露着湛蓝的生命意志。我恍然大悟，那看似完满的纯真，却也失去了生命之为自由的意义。那脆弱的幻想无从谈起庄严的永恒，其实，天空之所以永恒，或许正是因为它如那西西弗斯般不息地流动吧。

　　当意志重新浮现在天空之蓝时，我蓦然发现——我便是那天空之蓝，在那永恒的静止与运动中，诉说着生命之为生命的意义。抵达生命的永恒终究只是一场幻梦。生命之所以为生命，便是源于那在全与无中徘徊的，那仿佛接受诅咒一般的残缺。我们被抛入荒诞的裂隙中，这看似如悲剧一般的事实，却也成就了那在"去存在"中面向的可能之美。时间冷漠地诉说着生命的短暂，但我在那运动中却仿佛窥见了那份永恒——那份面向未来的意志之美，那在无尽的静止与运动中生生不息的现象。生命之所以可能通达永恒，或许便是因为它那不息的流动吧。

　　我凝视着天空，天空注视着我。

　　我静止而运动着，正如那天空之蓝。

指导教师：陈达姗

无 价 之 宝

◎招思彤

近来"博物馆热"，前往博物馆参观的游客数量与日俱增，许多不文明的现象和莫名其妙的提问也逐渐出现。在湖南博物馆的评论区中，我不幸见到了这样一条让人恼怒的评论："他们就不能展点儿更值钱的东西吗？"

在我看来，这可谓是不礼貌且无知。以"值钱"衡量文物，评价一座公益性、科普性的博物馆本身已是不礼貌之举；而不考虑当地历史文化满脑子只有金银珠宝才是文物的想法更是尽显浅薄无知。外加一点，若是认真听博物馆内免费的扫码讲解便可得知，推荐参观路线的第一个大展厅中摆放有一件青铜器物皿方罍，其器身于2000年前后花费二千万元人民币从海外购回。这值钱了吧？

文物本身是无价之宝，私以为用钱来衡量一件文物的价值本身便是极为困难的事，也是极缺少意义的俗事。

一件文物的价值难以用金钱计算。我们无法用存世量、距今年代、工艺、材料等衡量所有文物的价值，这样的标准或许只适用于极大存量的古钱币和部分瓷器。而一件文物背后所讲述的那段历史，它的意义永远无法求出价格计算公式。现代钻石定价标准可以轻松为"光之山"定出一个"标准价"，但你翻倍也不可能买到这颗象征英国王室的王冠上最闪耀的宝石；黄金、青金石、红宝石等的价格随手可知，人工费也好算，但是那用于"祈祝金瓯永固"的国宝金瓯永固杯的价值和地位岂是一件完美的复制品能撼动的？几千块买得到一把二手德国小提琴，但永远无法买到创作《义勇军进行曲》的聂耳小提琴背后的热忱……即使是佳士得、苏富比的鉴定师也永远无法给情感定价。

那我们又为何非要用金钱的标准对待这些文物呢？没有必要，反而可能掩盖其本身的意义；音乐剧《汉密尔顿》有一句唱词："Who lives, who dies, who tells your story?"

对于我们的祖先来说，文物就是答案之一。和站在展柜外的人一样，文物让过去拥有了未来，其存在已是意义。有三个脚的陶鼎盛起了先民的食物，才有了我们这些子孙的千秋万代；贾湖旁用鹤腿骨凿孔做成的笛子，成长出今日的天籁；包着青锈的方形容器所代表的度量衡助力了上千年的统一伟业……它们的意义已如此流光溢彩，又何必非要给"无字之书"贴上一个"建议售价"？即使硬贴上了，又怎样呢？早已了解的人和真正热爱的人不会关心这个价值标签，反而可能大为鄙视；而不了解的人不在乎的人，即使知道了记住了值多少，也难以记住"为什么"。

所以，还是暂时地将金钱抛之脑后吧，至少在观赏文物时。关心它的故事、它的意义，记住它是无价之宝啊！花了多少钱卖了多少钱哪是最头等的事呢？你我是子孙，而不是主人；你我是其未来，而不是掘墓人。

指导教师：陈达姗

月 之 暗 面

◎金子轩

　　高楼的阴影静默在流动的夕阳里，半黑的天空露着紫色的光。街灯如同两行萤火点亮了道路，钢铁与水泥伫立在天幕之下。黑夜将要笼罩这座城市，我们将于车流中寻找什么？

　　澎湃着，波动着，一种悸动在精神里酝酿着，在那升起的月光的暗面。天空中的演出，疯狂的乐章充斥着深邃的蓝。凝望着月色的双眸直视着精神的深渊。吟唱，在月色下颤抖中冷静地凝视，破碎的云是面庞的形状。灵魂浮现于黑色海洋。

　　灯光是无意义的时间。无雨的夜，太阳在月亮的背后吗？如同时间一遍遍走下地平线。

　　黄昏是记忆的颜色，这是一场没有方向的航行。黑色的海洋汹涌着，幻想与钟声渐渐淹没在了精神的潮水里。涌动着，对无意义的嘶吼和对月光的幻想，在冰冷的夜里，尖叫。但灵魂只是在月光的暗面，在没有视线的地方清醒着，在钢铁与生活无法触及的背后，在时间无法找寻的夜晚里。

生活。喧嚣的背后是无尽的低语。只是为了生计？不可抑制地服从着欲望。无法摆脱的意义是一场没有意义的追逐。在享乐中找到自己，一种可笑的自我厌恶。我在梦里嘲笑自己。劳碌的一天过去了，熟悉的人与事，我做了什么？

我们不过是凡人。我盼望着明天，我只想在麦田里看着孩子们。但此时只有在草地上的精神病人，房间里分裂的自我。没有我的我。

月光边缘的潮水涌动着，歇斯底里的躯壳躺在黑色海水里。美好与虚无从黑暗中浮出水面，反射着身体的倒影。所有的感受，所有的行动，所有的记忆，所有的喜悦，所有的悲伤，所有的乞求与给予……黑夜交织在光明的边界，太阳陨落向地平线的尽头，黑色的海洋褪去了色泽。所有的一切都消失了，也重生了，在视野不可及的背面，在灵魂日出的海洋里。

当没有月光的夜笼罩大地时。

指导教师：陈达姗

只是一片树叶

◎谭维轩

那不过是缀在我窗前的一片树叶。

我到底什么时候注意到了它？阳光在它身上打转，背后深褐色的树干衬托下其每一丝纹路清晰明了，叶脉传载着它的生命，传颂着来自草木生生不息的哲学。于是我也记得它陪过我的每一个雨天。我们隔窗相望，窗户后的它安坐在那一片玻璃的荫蔽中，窗户后的它却任凭风吹雨打。于是我也记得它陪过我的每一个夏日，打开窗，翻滚的热量跌跌撞撞，迫不及待地闯入保存了一个晚上的空调房。我也得到机会与它打个招呼，询问昨晚的行人，夜半的月光，清晨的露水，刚才的晨曦，还有我的模样。于是我记得它陪过我每一段时光，也许是伤感时伴着夕阳，也许是喜悦时听着蝉鸣哼歌，也许是还有着"起床气"的混沌，抑或是奋笔疾书时台灯的灯光。只是一片树叶的它，和我一起见证我年少的诗歌。

我到底什么时候注意到了它？感恩南方，这里是夏季的故乡，是没有冬天的地方。太阳无论月份从未离我们远去，于是它常年青翠，从未在我面前展现过老态。虽然我心知肚明地知晓去年如今还在直面我的已然不是与我相遇的那一片了。岁岁年年，它也随着华年的流转实时更新，旧去新来。只是从不变动的是那棵老树，日日月月，树汲取泥土之中的养分从未停歇过生长，越发苍翠。叶为树勤勤恳恳地沐浴太阳，树则报之以家。叶片的更新在春天，只有当新叶急不可耐地探出它青绿的嫩芽，老叶自会脱落。树可谓是在变与不变中找到了它自己的处世之道，整体在不断成长的同时从未改变，不会凋亡，而散落的碎片借着整体的力量不断重生，为这庞大的躯干带来源源不断的灵蕴。所以每一棵树都是一首生命的赞歌，每一片树叶都散发着活力的芬芳，它们欢唱着年岁的辉煌。草木不惧时间，我也许就像窗前的这一片树叶，岁月对于他与它来说都太过匆匆，驹窗电逝便已在喧嚣的人世走了一趟，但他们也知道，无论如何，至少还有时间晒晒暖阳，还有机会领略雨水的凛冽，还在这风云变化的凡尘拥有一百万个可能。世事漫随流水，算来一梦浮生，它只是一片树叶啊！又能懂得什么呢？

　　我到底什么时候注意到了它？《说木叶》细致地讲述了每一片树叶或是木叶，在文学史上有举足轻重的地位。文人骚客常借着这四季的使节抒发着内心的惆怅与彷徨。"袅袅兮秋风，洞庭波兮木叶下。""长条折尽还依旧，木叶下平湖。"树叶给予人的意境必然是美的。从此在诗赋文章外，多彩的艺术天地也不乏见到树叶的影子。莫奈《日出》中光与影交织的树叶，幻美的叶雕。在人类美学的殿堂中有一棵巨树，串联古今，而它枝繁叶茂。我不由得询问："它的树叶，何尝不是我的这一片呢？"

我终究是忘不了它。每一次从树下经过，阳光被它筛下的光影打在我身上，月色被它滤过的甘醴流入我的心房。我感恩它的陪伴。

我终究是忘不了它。它永远停驻在我的盛夏，在晚风吹拂中晃晃悠悠，借着那些浓稠的绿色一遍又一遍地吟诵着时光，在老去新生中展示自然的规律。我感恩它的启迪。

我终究是忘不了它。读罢古人诗，寻觅着它的残影，发掘艺术中它的一席尊位。我感恩它的多彩。

如今正值青春，也正是青绿的今夏。

那不过是缀在我窗前的一片树叶……

指导教师：陈达姗

岛

◎林奕安

秋日晚风一向随心所欲，尤其是在家乡的江心岛。

江心岛离我家很近，或者说我家离江心岛很近。从家里收拾好东西出门去往小岛，大约五分钟的样子就能到达。在我有最初记忆的时候，江心岛就坐落在那儿，坐落在江水的南畔，任凭江水洗刷，洗尽它身上的铅华。听父亲说，这里起初只是一座荒岛，杂草和芦苇是这岛上的主人，十几年前，江心岛建成了一座公园，桥梁步道屹立眼前。我童年大部分快乐的日子，都在这个岛上度过。

在孤寂而辽远的江心岛，一个人更容易卸下自己的疲倦，也更容易看清自己，并看清这座小城。

有一阵子，母亲特别痴迷于各式各样的茶具，于是就常带着我在江心岛的草堤上喝茶、野餐。铺一张经久未用的桌布，一篮子的水果和茶点，拿上一块小桌板，泡上一壶茶，互相聊起最近接触的人和事，吹着舒爽的秋风，欣赏着江畔的景色。看着这座城市的万家灯火，而我们却置身小岛之上，不禁使人生出一种说不出口的寂寥与感慨。小岛，你或许总是和孤独联系在一起的吧。

江心岛的草地，是最不起眼却又最令人印象深刻的。草很柔软，摸起来就像小狗蓬松的软毛。凉风四起的秋天，草地很干爽，并不是想象中那种湿漉漉黏糊糊的感觉，你可以肆意地躺下来，伸开手脚，让青葱的绿意将你包围。南方的秋日是温暖的，由于气候的酝酿，这草一年四季都是一样的翠绿，那是夏野的绿，比春光还要明媚，即使是在万物凋零的秋天似乎还携带着饱满的活力。靠近树的地方，草丛会更密更深，它们永远保持仰视，做小岛默默无闻的观众。它们或许不知道，其实它们也是装扮江心岛的演员。坐在这里，看着草地随着四季变迁依旧葱葱郁郁，我忧郁的时候它们在，我欢喜的时候它们也在，感到孤独的时候也一直有他们在身旁陪伴，似有那么一瞬间，模糊了岁月，清晰了惦念。

在岛畔，水杉是秋天最美的诗行。从岛边的草地一直延伸到可安歇的水边，都有着水杉的影子。秋意渐起，水杉的叶片由绿变黄，一层叠一层像鎏金的浪，跌宕着涌向远方。那树干笔挺而细长、拥抱它就像拥抱秋风一样轻而易举。每每晨光洒下，水杉似羽毛一般的叶片互相遮挡，淡绿中掺杂着金黄，参差的树影错落有致。那大片大片的黄色，占据着我的眼睛，像秋的渐变泼墨艺术。或许每一棵水杉都有自己的秉性和人生，有它们的诗，有属于它们的远方。它们就这样伫立在那儿，随着时间的流逝一直伫立在那儿。它们会感到无聊吗？它们会感到孤独吗？这一切都有答案吗？我闭上眼睛，不再去想。

江心岛像是一座普通的小岛，但又并不那么像一座普通的小岛。我刚念中学的时候，这里建起了一座书院，取名"一默"。岛上没有任何一间商店，只有这一座书院，对所有读者免费开放。书院的中央，是一片小小的荷塘，每逢夏秋交接之际，微风习习，碧绿的荷叶与玲珑而鲜艳如血的荷花，也在不知不觉间沾染了些书卷气。再往前走些，琳琅满目的书架，昏黄而温柔的灯光，男女老少伏案读书的身影，以及满院沁人心脾的墨香，无言地在江心岛上酝酿，一心以往，默默绽放。我时常感觉，这里就像是梭罗独居在瓦尔登湖畔。他离开车水马龙的城市，不是逃避人生，而是走向人生。我喜欢这座岛也不是为了追求孤独，而是来到这座岛上，把自己的脚步放慢，再放慢。

恍若隔世。

究竟在告诉我什么呢？你，江心岛，给我一个悠远的回眸。

从岛上望过去，新建的高楼鳞次栉比，后面是随着视线逐渐远去的群山。水杉上偶有几只雀儿，头昂着，正想着心事。顺着它的目光过去，夕阳从群山的深处一点点下沉，寂静的光辉铺满整个岛屿，给从书院走出来的人们镀上了一层金。天黑了，小岛点起了灯，对岸的万家灯火，也慢慢地亮起来了。

岛是一种孤独，却也是一种归属。江心岛在颇为喧嚣的今天，显得格外幽静，也格外深沉。它孤独地铭记着这一座小城的历史，却也成了这座小城无数人的精神归宿。江心岛在汹涌的江水中一如既往地守望，看似形单影只却又力量磅礴；而我也在纷繁的高楼大厦与飞奔的车辆之间一如既往地寻找，寻找一个能安放孤独灵魂的地方，而现如今，我或许已经找到了答案。于我而言，江心岛早已不是一个简单的小岛，它早已变成了一种流淌在骨子里的文化符号，岛畔的青草，金黄的水杉，静默的书房，这应该就是江心岛烙在我心中的印记和浓缩的倩影。

或许每个人心中皆有一个虚构之岛，那里有柴米油盐之外的诗意，有书香与宁静，来安顿我们自身，以孤独兑换归属。就像在梭罗笔下，瓦尔登湖畔的水波一直荡漾在他的心里；而江心岛畔激起的浪花波涛，也一直在我的记忆里回响。

如往日，似今夕。

指导教师：朱缘新

雨

◎谢润鹏

"好雨知时节，当春乃发生。随风潜入夜，润物细无声。"开春大旱的广东，终于在这周迎来了一场大雨。

天微亮，窗外传来淅淅沥沥的雨声，我莫名兴奋。小心翼翼地爬下床，生怕吵醒同学，同时也为了独享这雨景。推开门，湿润凉爽、带着淡淡桂花香的清风扑面而来，不由自主地闭上眼睛，伸个大大的懒腰，做个深深的呼吸。大脑有种上头般酥酥麻麻的感觉，瞬间精神百倍。悄悄关上门，睁开眼睛，起床铃响之前，这整片天地都是供我独享的。

放眼望去，天地间白茫茫一片。旁边的华师校园，宛若仙境。云雾缭绕中，突见伸出几棵崎岖的古树，枝叶不多，形态怪异，若隐若现中，有种苍劲之美。我靠在阳台栏杆上，身体轻飘飘的，仿佛置身天庭幻境。漫天漫地的白雾，是玉皇大帝床边的轻纱。雨滴落下连成一条条线，是王母娘娘的珠帘。浮躁、焦虑、烦恼，在此刻已无处寻觅。功名、利禄、暗恋的女孩儿，也已烟消云散。

此刻，有天、地，有雨、树，有我，已经足够。我看见雨滴短暂的一生，看见古树漫长的岁月。我听见雨滴和我讲述它转瞬即逝的绽放和生生不息的轮回，也听见古树向我感慨岁月煎熬，平淡无味。雨羡慕树的稳定，树向往雨的轰烈。

我开始明白，天地给予万物不同的能力，将它们安排在各自的位置上。而我们需要做的，是利用好我们拥有的能力，去做自己应该做的事情。树想像雨一般轰烈，只能化为一堆灰迹。雨想如树一般安稳，只能成为鱼缸中的一潭死水。我们如果总是羡慕别人拥有的，就会看不到自己拥有的。如果终其一生，都在用自己并不具备的能力，去追求别人的生活，也只会是望山跑死马，反而还丢失自己的能力。如果一个人适合当木工，也想要成为一个木工，但为了别人眼中的高薪选择计算机行业。也许他敲了半辈子的代码，也未必称心如意，只是渐渐老去，郁郁不得志。

一个理想的社会，不应将成功定义得如此狭窄，如此物质，而要让每个人都能投身于自己擅长、热爱的事业、职业。行业间没有高低之分，卖鱼的卖鱼，修车的修车，科研的科研，利用好自己的能力、热情来产生最大的价值，这才是一个健康的社会。

"丁零零，丁零零！"舍友建华的闹钟打破了雨的旋律。太阳出来了，雾气也逐渐散去。我回过神来，建华走了出来，也伸了一个懒腰。

指导教师：朱缘新

"死亡"和"荒诞"

——读萨特《墙》

◎钟昆志

我对萨特本人以及他的存在主义哲学并不熟悉，在我看来，这篇文章有两个关键词，就是"死亡"和"荒诞"。

作者第一个观点应该是：死亡在某些时候是随意的。文章中无论是汤姆、儒昂还是格里这三个人的死亡，都是相当随意且"戏剧性的"。在审判官审问这三个"罪犯"的时候，他的头连抬都不抬一下，大家都不知道"这究竟是审讯还是宣判"。对于"我"来说，死亡的审判从天而降；但当"我"用一个玩笑不自觉地"送走"了格里时，这个死亡的宣判就从"我"身上离开了。在这篇文章里，强权者宣判一个人死刑是随随便便的，你可能随时被宣判死刑，也随时有可能被给予一条活路，所以作者给出这样的观点在文章中应该是有一定的依据的。

命运可能是充满偶然的，生活中也有可能充满着各种意料不到的因素，但是死亡却是必然会来到的。每一个人面对死亡都会本能地感到恐惧，但是他们所表现出来的行为各有不同。文中汤姆、儒昂两人在听到明天将要实行死刑时都表现出了极度的恐惧——一个当着医生的面尿了裤子，另一个发了烧、一蹶不振。相比之下，"我"的态度却是平静坦然的，虽然"我"可能也质疑过自己即将赴死的命运，但到最后"我"还是向现实妥协，被动地承受这一切，于是乎对即将到来的事情感到麻木。但妥协的过程从不是容易的，"我"在内心中进行过许多次的挣扎，所以会时不时地做出一些反常的行为。在文中，"我"一共"笑"了四次，第一次是对来加深我们对于死亡恐惧的医生的嘲笑，第二次是回望过往一生的苦笑，第三次是对审讯的敌人的蔑笑——蔑笑他无法"征服我的灵魂"，最后一次是知道了戏剧性结局后无能的狂笑。这说明"我"对死亡的态度是比较消极悲观的，充满了灰暗色彩——一生的经历，在最后死亡到来的时候显得非常可笑、荒诞。

作者第二个观点应该是：生活本身就是荒诞的，这点可以从"我"和格里两个人的命运可以看出。"我"原本做好了赴死的准备，在行刑前和敌人开了一个玩笑捉弄他们，没想到弄假成真，"我"竟然得到了活着的机会；格里因为位置被暴露，不想连累他人而跑去坟场躲藏求生，但却因为"我"的一句随口的玩笑送了性命。两个人最后的结局都和他们的动机明显相反，一个"向死而生"，一个"欲生却死"，这无不体现出命运是充满着偶然性的，充满戏剧性的，同时也是不可预测的。我们在由一个又一个偶然构成的生活中会走向一个必然的结局，那就是死亡。在萨特看来，世界是荒谬的，人生是痛苦的，但是我们一定不能脱离这样一个世界而存在。但是，在这样的情况下，人可以对自己的行为进行选择（"我"就选择和敌人开玩笑），但是最后导致的结局有些时候是令人感到无奈的。把这种关于生命的思想放在二战这个大背景下去理解，可能就能合理一些，虽然充满着消极的情绪色彩。

最后一个问题，这篇文章的标题"墙"到底是什么呢？在现实生活中，"墙"本身就有阻隔、阻碍的意思，所以它在文中的意象肯定是和这个意思相关的。本文中所有故事都是在封闭的场景发生的：牢房和医院的地下室。"我"、汤姆和儒昂的自由被这四面高墙所剥夺。所以，"墙"在这里是不自由的意象，与之相反，牢房的气窗还有外面的天空、星星则是自由的意象。从我对古罗马的剧场的遐想可以看出无论是他们两个，还是我都对自由生活、自由世界都充满着向往和渴望。"墙"可以看作内心中人和人之间的那种隔阂和冷漠。"我"和他们两人在生命的最后一段时光，大家的关系由于恐惧而显得格外紧张。"我"对在牢房里做体操驱逐寒冷的汤姆没有好感，也对懦弱的儒昂没有好感；汤姆因为"我"走路的时候鞋子蹭地的声音而感到恼怒……这种种表现体现出我们三个囚犯的内心，实际上结了一层厚厚的障壁。不仅三人之间的关系是冷漠的，派来的医生——实际上他已经和反动的法西斯分子同流合污，对三人的态度更是冷漠。他"只是来观察我们，记录下每个人临死的症状"。不仅如此，他还不断提示时间的流逝——这也就变相地告知死亡的接近，以此不断刺激三人的神经——尤其是刺激到儒昂这小孩子的心灵。他用他玩笑的行为，加剧了三人的痛苦。他的冷漠无疑让横在"我"心中的"墙"再多一道。因为这篇文章最后主题上升到了生死的层面，那么"我"就认为"墙"应该有一层和这个主题相匹配的意思，也就是生死的阻隔。"我"对汤姆描述"我"想象中的枪决的场景时说："我想我简直要钻进墙里去。'我'将使尽全身力气用背去顶墙。但是墙却岿然不动。"也许，这面墙就是生死的阻隔。

指导教师：朱缘新

读《山月记》

◎付　涵

　　第一次看到《山月记》，我深深地被这个引人入胜的故事吸引住了，反复阅读几遍，就很好奇地买了这本书。

　　这本书以小说《山月记》为名，收录九篇中国古代故事，以春秋战国为时代背景，故事取材于《列子》《左传》《史记》等名篇，加以生动的白话叙述，情节神秘，引人入胜。小说作者中岛敦的祖父及父亲都是汉儒学者，这也不难解释作为一个日本人对于中华文化如此精通的奇处。中岛敦因哮喘病英年早逝，他的代表作《山月记》在二战后被选入日本高中国语教科书，广为流传。

　　《山月记》取材于唐传奇作品《人虎传》，书中主人公李徵，弱冠之年金榜题名，意气风发，对比我们所熟知的贺知章三十九岁进士及第（如果没有记错的话），乃至更多屡试不第的学子，李徵领先了太多。正是这样耀眼的成就，他本可以官途顺达，平步青云，却选择了"辞官而去""潜心诗作"。其实这也不难理解：李徵既然能够以弱冠之年就金榜题名，那么他的眼光和志向绝不局限于一官半职，获得当时世人的认可，他更想要"永垂不朽"式的功成名就——以诗名流芳百世，为世世代代后人所敬仰。就这样，李徵辞官还家，闭门绝交，孜孜矻矻。

时过境迁，我们的才子李徵并没有如愿"以诗成名"，恰恰相反，无官无禄，生计艰辛。他被迫面对自己所不屑的世俗，被迫低声下气，最后才谋得个小地方官。试想，当年的状元风华正茂，当年的榜首令多少人艳羡；如今？以往不如自己的同僚已身居高位，要自己卑躬屈膝，低眉顺眼，听命于他们。

不甘！不满！不服！

可耻！可恨！可笑！

后来啊，那位少年得志的榜眼被自己狂悖不羁，肆意疯长的羞耻心折磨得消瘦削刻，最后化虎而逃，消失在无尽的黑夜里。

李徵并非无故沦为野兽。他不广交友，性格倨傲偏激；金榜题名而又不把握住最佳时机，选择潜心作诗却又不兼顾生计，要知道，做官与作诗并不冲突。韩愈官至御史大夫，白居易担任刑部尚书，贺知章做过礼部侍郎，他们哪一位不是历史上赫赫有名的大诗人，哪一位的诗没有流芳千古？作为一位读书人在那个时代，仕途是最优出路，否则技能无处可施。李徵不屑侧身于世俗，可是远离世俗的最高境界不是"结庐在人境，而无车马喧"吗？而且，他练习诗作的方式竟然是"闭门绝交"，怪不得袁傪感慨"诗人的作品是一流的，却总感觉少了些东西"，一篇没有人间烟火气，不关心国计民生天下事的诗作脱离社会，能吟诵的仅限于高山、清风、明月等自然意象，加之以诗人自诩不凡的内心写照，十分单薄。

这样看来，与其挣扎着做人，不如化虎而逃吧，穿林越岭，来去洒脱，至少解脱了。

皎皎月光下，猛虎咆哮"此夕溪山对明月，不成长啸但成嗥"，本该是诗名已成，此生无憾，谁承想，诗不经传，人却化虎，遗憾，悔恨。李徵的自我反省直击人心："欲以诗成名，却不愿投师访友，相与切磋"，"一任怯懦的自尊心和妄自尊大的羞耻心作怪"，一名奇才，却又不肯精雕细琢，成不了绝世美玉。"闻道有先后，术业有专攻"，与同辈切磋并不是什么可耻之事，不会有失面子。连性情都驯化不了，情由心生，貌以情化，或许做万兽之王才是李徵最好的归宿吧。

指导教师：朱缘新

真实与荒谬的博弈

——读加缪的《局外人》

◎林奕安

"人生在世，永远不该演戏作假"——题记

翻开加缪的《局外人》，便情不自禁地被它直白的文字所吸引。几百页的薄纸，却似乎承载着穿越时间的力量。它字里行间的深邃，它力透纸背的挣扎与呐喊，时至今日仍能被我们看见。

小职员默尔索在平庸的生活中糊里糊涂犯上一桩命案，却因没在母亲葬礼上哭泣而被判处死刑。默尔索被判了严重脱离现实的处罚，可在临死前却仍显得事不关己。我试着一点点走进《局外人》，走近默尔索，走近阿尔贝·加缪，亦走近我们的生活。

默尔索的孤独，无时无刻不反映着世界的荒谬。母亲的葬礼上，默尔索没有落泪，甚至次日又和女友约会；当女友向他求婚，他却认为毫无所谓；面对死亡，在短暂地挣扎过后，他甚至觉得是一种解脱……这样一个人，似乎无法和孤僻、冷淡、消极以外的词联系在一起。他的麻木不仁，好像与这个社会有着一道不可逾越的鸿沟。但是，这样的默尔索，也证明了他身上的真实、坦诚与洒脱。在母亲离开的日子里，他常常会想起母亲，感叹自己只能"独自面对空荡荡的房间"；面对爱情的抉择，他毫无修饰地坦白自己的内心；在海滩上的那天，是阿拉伯人先掏出了小刀，在刺眼的阳光下，他恍惚地扣下了扳机……

"虚伪"，一个在默尔索周围随处可见的词，注定容不下他。默尔索的格格不入，或许也正是这个社会的荒谬之处。就像在喧嚷的法庭上，因防卫而杀了人的默尔索却判了最高处罚；在临刑前的监狱里，从来逆来顺受的默尔索拒绝忏悔，无奈与悲观突然爆发，却又回归平静；面对漫天星光，默尔索第一次向世界敞开心扉，从容地接受自己本不应当的死亡。他想逃跑，逃离这片虚伪，逃离这片荒谬，可是没有人愿意听默尔索的声音。他对世界没有爱，没有热情，但却永远本真、原始、超然。他永远是他自己的默尔索。

加缪在后记中写道："这本书的主人公之所以被判刑，是因为他不参与这个社会设定的游戏，从这个意义上说，他就是这个社会的局外人。"加缪的笔触是粗线条式的，但他却勾勒出了默尔索，一个象征性的符号，一种普遍的存在。局外人现象的产生无疑是由这个世界本身孕育的，而加缪正是通过默尔索来反抗这个世界的荒谬。那一场审判或许就是全书的高潮，司法者在道德制高点的审视，舆论制造者不分青红皂白的愤慨，没有人在意证词，被搬上台面的竟是默尔索的私生活。加缪以近似夸张的手法，描绘出了那种无奈，那种悲凉。他是快乐的，也是痛苦的；他是孤独的，也是升腾的；所有的挣扎与反抗汇聚在一起，形成了孤独的默尔索，也形成了清醒又不肯放弃的阿尔贝·加缪。

反观当下，不知道我们的身边有多少人早已深陷麻木之中，又有多少人是想要逃离的默尔索。或许我们不应当像默尔索那样冷眼旁观，但我们至少要怀揣着真实与坦诚，遵从内心深处的那声呼喊，尝试反抗社会的虚伪与冷淡。正如冯骥才所言："风可以吹走一张白纸，但却不能吹走一只蝴蝶，因为生命的力量在于不顺从。"没有谁能审判你的灵魂。即使每个人都身不由己，每个人都身处逆境，但依旧有人身处局内，仍努力超脱。

书的结尾这样写道："我只希望行刑那天围观的众人，都向我发出憎恶的吼声。"是的，憎恶的吼声，在我的脑海里一遍又一遍地回荡，直到在眼睛里、在心里、在身体里，都留下了不可磨灭的痕迹。无限的远方和无限的人们，都在局内局外犹豫不决，都在真实与荒谬的博弈中试图看清。是默尔索，是加缪，亦是我自己。

指导教师：朱缘新

平淡之中的人生之美

◎孙康如

在初中学习《昆明的雨》这一课之前，我就已经阅读了一些汪曾祺的作品了。我知道汪曾祺在昆明度过了自己的大学时光，也知道当时的昆明是处在战火纷飞之中的。然而《昆明的雨》这一篇课文给我一种很细腻温柔的感觉，作者回忆中的昆明是充满生活趣味的。这样严峻的时代背景和作者积极向上的态度之间的差距引起了我对汪曾祺个人性格的好奇。

后来，在读过汪曾祺更多的作品后，我了解到了他的人生经历。他在上大学时正经历抗日战争；在1958年被误划为右派，下放到张家口；在1966年被关进牛棚接受批斗，参加劳动改造……这样坎坷的一生，却被汪曾祺过得有滋有味。他在昆明尝遍各种美食，并写下许多有关昆明生活的文章；在张家口农业研究所绘制《中国马铃薯图谱》时，在自己的文章里炫耀"全国像我一样吃过那么多种马铃薯的人，大概不多"。

我想，汪曾祺将生活过得快乐、随性、有滋味的能力，大多来源于他的家庭。他的父亲是一个很关心、支持、鼓励孩子的人。汪曾祺在《多年父子成兄弟》中写到了很多他们父子之间发生的趣事，比如在他初恋写情书时，父亲在旁边帮他瞎出主意；在发现儿子学会抽烟喝酒之后，不但不责骂，反而还会在心情好时一起小酌一杯。

温暖的家庭氛围造就了汪曾祺独特的性格。他在人生的历练中，对生活有着细致入微的观察，并且用最为平实质朴的语言叙述出一件件平淡的生活琐事，表达着对于纯朴的人性的赞美和对生活的无限热爱。他活得真实从容，随性自在，因为在心中始终怀有一份洒脱和真诚，这也使得他的文字永远温暖且抚慰人心。

最后，我想借用汪曾祺《夏天》中的片段作为结束语："栀子花粗粗大大，又香得掸都掸不开，于是为文雅人不取，以为品格不高。栀子花说：'去你×的，我就是要这样香，香得痛痛快快，你们他×的管得着嘛！'"

指导教师：朱缘新

改造环境，成就自我

◎钟昆志

个人与环境的二元关系，始终是人们讨论的热点。古人有云："近朱者赤，近墨者黑""蓬生麻中，不扶而直"。无不强调环境对人的巨大作用。但我认为，我们应该适应环境，利用环境，改造环境，从而成就自我，成就时代。

我们应当利用良好的环境，助力成就自我价值。好的环境犹如海浪，若能勇立潮头，必能借其力，实现"百尺竿头，更进一步"。比尔·盖茨在西雅图湖滨中学接受的计算机教育，为后来他成为引领时代的人物、开启传奇人生奠定了最初步的基础；商鞅乘势而起，在秦国上下渴求变革图新的良好环境中，积极运用自己的学说、大胆改革，使秦国富国强兵的同时名扬四海。由此观之，当良好的环境来临时，我们要抓住机遇，实现自我价值，得到进一步的发展。

但是，人生并非全是顺境，我们也要学会适应恶劣的环境，锤炼自身的品性。恶劣的环境固然会摧毁一部分人的意志，但也能培育出另一部分坚韧不屈的人。正如江梦南从小双耳失聪，她的学习环境非常困难，但她非但没有气馁，反而更加努力学习，锤炼出刻苦勤奋的品性，最终考入清华创造奇迹。孟子有云，在艰难困苦的环境中，人会"动心忍性，增益其所不能"。艰难困苦，玉汝于成，这就是关于恶劣环境如何塑造个人的最好的解释。

环境的作用有好有坏，这并不意味着人没有主观能动性，我们更应该在力所能及的范围内改造环境，将自身的力量融入成就时代的洪流。"声和则响清，形正则影直"，正如塞罕坝护林人，他们用三代人的努力，改造了整个荒漠化的环境，为美丽中国的建设增添了浓墨重彩的一笔；又如李佩几十年如一日献身于我国英语教育与普及事业，用自己的一生改造了改革开放初中国无一所高校有能力独立进行外语教学的环境。他们打破环境束缚，以坚守的姿态，用自己的知识和能力，主动来改造整个环境。我们也应像这些先驱，不受外部环境的影响，主动出击。

作为新时代的青年，生于繁华盛世，我们应当在如此良境中抓住机遇，以自信的姿态立于时代潮头，成就自我价值；我们更应发挥生而为人的主观能动性，以"有为"的姿态面对"可为"的时代，积极改造环境，青春之我奉献于祖国建设的澎湃春潮中，奋力拼搏，无怨无悔！

指导教师：朱缘新

风过高粱印天红

◎刘　木

常　夜

夜晚，伸手不见五指。我同爷爷背上竹筐，拿上大剪刀出了门。村里的田埂上没有灯，爷爷便把家里的老煤油灯提了出来，在路上缓缓地走。

"到了，孙儿，你可小心点！"爷爷提醒道。

我随着爷爷进了高粱地，这些高粱早就熟了，但爷爷非得等我回了老家才肯收，说是有"燎原"看。

我和爷爷一前一后地走着，我们的影子宛如两个巨人，相互依偎。

爷爷带我走到一座土丘之上，土丘挺高，可以看见整个高粱地。忽然，我被一种无形的力量牵引，朝东方看去。那里也有土丘，上面隐约坐着两个人。但天太暗，实在看不清。

破　晓

爷爷说这片田地他种了几十年，别人家机械化了他也跟着搞，但还是能亲自收就亲自收。"手拿刀，高粱种出感觉来了，抹不掉的。大铁块快是快，但收的总觉得没有自己收的好吃。"

天有些亮了，对面的两人也看得清了。同我们一般，一老一少。只不过老人拿着镰刀，小孩儿拿着红缨枪。

"你们也是来收高粱的？"我问。

"我们的高粱种得晚，不过也快能收割啦！"他一边答一边望向微亮的东方。

"未有粱穗能蔽日，盼红染天解农愁。"爷爷唱道。

对面的老爷爷好像晃了一下，扭头看向我们这边。

"扶桑应逐神州外，赤诚满腔换笑颜。"老爷爷回唱道。

高粱被一阵风吹得摇晃起来，远处，红日将升。

跃 动 的 红

当第一缕阳光照入田野，和着风的旋律，远处、眼前、脚下、身后，瞬间都燃起来了。风吹高粱，火舞焰跃，这里是火的海洋，红的世界！

"下去看看？"

"嗯！"

我自小丘上一跃而下投入赤海之中，在其中肆意跑着，到了田埂上。望着无边的火海，心里满是震撼——这是爷爷种的高粱，老一辈人种的高粱，现在收获了，红色的稻穗能染红农民的天！

红日初升，其道大光；河出伏流，一泻汪洋。

不朽的继续

我望向先前的土丘，那里的人消失了，但留下了锈迹斑斑的镰刀与红缨枪。上面的铁锈在晨曦中闪着光点，竟分不清是泪光还是汗水。我看向先前他们望向的东方，那里稻禾低垂、光蹈焰跃。

我朝向我所处的东方，那里金碧辉煌、璨如烈阳。

我与爷爷朝东方走去，越过小坡、越过沟壑。

风吹高粱过，赤诚印天红，又是一年收获季。

将果实珍藏，待到春天生新芽。一代，接着一代。

指导教师：陈泽曼

颠倒真假的村落

◎刘　木

　　一天当中最美好的时刻，无疑是清晨与傍晚。感受着徐徐的微风与阳光的照耀，好像时间定格、亘古不变，让人分不清真实与虚幻。我们一直在发展，科技一直在进步，但仍然无法填补人们心中的空洞。

　　节假日我去了附近的一个村子里，那时候是清晨。村口的门好像一道闸门，我们刚进去，外面的世界就与我们无缘了。剩下的只有村子，真正的村子。

　　迎着早上的朝阳，享受着丁达尔效应的美丽，竟忘记了车水马龙，只见得世外桃源。我看见一栋栋木质别墅耸立在小丘上，也望见一个个四合院平躺在地面。这里没有阳关大道，没有人来人往，有的只不过是林间小路、三五成群。

　　我一时恍惚，竟分不清真实与虚幻。我朝四周望去，没有任务繁重的上班族，只有享受悠闲时光的少男少女与老夫老妻。我随着家人到住处去，木质别墅散发着古朴的气息。

　　走进房间，一面巨大的落地窗映入眼帘。透过玻璃，看见的是窗外的林间小路。那路蜿蜒曲折，消失在村子深处；再仔细看，看到的是自己惊讶的脸。我幻想着走在路上的模样，那是惬意与无拘无束的结合。或许再邀上三两好友，便可以度过最为悠闲的时光。

我父母是闲不下来的。他们整理好东西就要与同行的叔叔阿姨出去逛一逛。我不愿出门，便没有与他们同行，选择窝在床上看书。阳光打在书上，也照在我的身上。偶然疲倦，向窗外望去，却是艳阳高照，一切金碧辉煌。

我放下书出了门，一个人走在小路上。感受着林间吹过的微风，不时用手机拍几张照。这或许就是摄影爱好者的快乐了。他们用脚步丈量大地，用相机记录世界。他们将美好封存于相片中，感受着其中的岁月变迁，也使其接近永恒。

走过林间路，蹚过小水坑，不远处是一片养殖场。场地不大，但五脏俱全。我听得到"狗吠深巷中、鸡鸣桑树颠"，也能见得到"户庭无尘杂，虚室有余闲"。这是陶渊明的理想乡，更是世人的温柔乡。

黄昏时分的村子更加梦幻。吃饭的地方离我们的住处有些距离，需要通过一小片草地。此时抬头望天边，没有了早晨的艳阳高照，但金黄的落日悬挂天边。那可以是生命最后的一簇明火，也可以是卷土重来前的低音号角。无论是一瞬间的绚烂还是休养生息的谋略，在这一刻，红光照耀着大地。在远处看，好像几个人走在太阳里面。

"我们就走在太阳里面，不是吗？"我喃喃道。

不远处，田地的主人正在辛勤地劳作。我看到他被汗水打湿，但却未被淹没。那是少有的，在劳动中绽放出的笑脸。

我向前跑着，越过了农场工厂、跑过了高楼大厦，最后来到了两座雕塑前。左边的雕着恶鬼，右边的雕着天使。唯一的共同点是拿着武器。恶鬼的武器是一把匕首，藏于背后；天使的武器是一把长剑，剑入鞘，放于胸前。我震惊了，当即快步向前面跑去。我意识到这里出了问题，这里不是真正的理想乡。

　　我没有过多思索，走过了左边的雕塑。雕塑后面竟是我先前起跑的地方，一切都如先前一般。只是那金黄的太阳不见了，一轮冷月悬于天空，好像它本应在那里。

指导教师：陈泽曼

永远的等待与孤独

——读《没有人给他写信的上校》有感

◎朱炫亮

"马孔多在下雨。"

"奥雷里亚诺上校最后悔的，就是没能将战争进行到底。"

相似的人物故事，相同的故事背景，与《百年孤独》同一作者（马尔克斯）的短篇小说《没有人给他写信的上校》（以下简称《上校》），同样叙述了拉美又一个"重复"与绝望的故事。

故事发生在《百年孤独》中内战爆发几十个年头后。主人公上校已经重复了几十年的穷苦生活，七十多高龄的他与妻子贫困潦倒，唯一支撑他生存在这个魔幻而现实的世界是若干年前内战时上校因军功曾被政府承诺发放的退役金。五十多年来的每个周三，上校都会守着报纸，期盼迟到的退役消息。然而，即便"（上校说）我们为共和国付出多少鲜血"，即便上校将律师换了一个又一个，即便上校期望旧政府的倒台已几十年如一日，他"把报纸的每一个栏目都看了遍"也毫无收获。

《上校》是马尔克斯自以为最优秀的作品之一。从结构上而言，小说巧妙地绘制了拉美人民悲哀中的生活。小说与

《百年孤独》类似，都精心设计了"重复"的悲剧：上校的儿子曾因斗鸡（实应该是政治斗争）被打死在斗鸡场上，多年后，上校为了饲养儿子留下来的"爱好"因贫穷而绞尽脑汁。小说刻意量化了情节起到一种"遗忘"的麻木感：反复地等信，取信；一日复一日地为生计发愁；为镇上第一个"自然死亡"的鼓号手举行葬礼……小说虽然没有宏大的叙事，没有如《百年孤独》冗杂的事件人物，情节上也较显平淡，可作者入木三分的描写与平淡的文字却将故事讲述得扣人心弦。而作者又将这么一个平凡的故事置身于宏大的时代区域命题上，与拉美悲哀的历史相衬，小说的历史沧桑感便跃然纸上，拉美人民的悲怆便以一种深深的孤独渗在了纸页间，弥漫在语句中。

有人说，《上校》这本书叙述了当一个政府失信后，其人民在水深火热中的悲哀。文章从未流露个人感情色彩，仅仅描述事实："没有人给您写信，上校。"然而，平实的语言却深刻地刻画了一个民族、一个国家的百年的孤独历史。马尔克斯借上校这样一个平凡的拉美人民，无奈而怆然地批判了拉美专制独裁的政治，表达了对于拉美民族苦难的同情与惋叹。在这种含蓄的苦难的叙述中，上校将悲剧中的生命美学写得淋漓尽致。

在人物塑造上，上校无疑是最为丰满而立体的人物。在马尔克斯寥寥万字的叙述中，一个坚忍、理性而又正直的饱经战争沧桑的老者形象跃然纸上。上校坚忍，对生活抱着希望，在苦难中作乐。当妻子劝他看病时（熬过十月的病痛，一直是书中悲剧的一条线索），他却因不愿出钱而幽默地说："等到生活真抛弃我，我会自觉地把自己踢进垃圾桶。"上校坦荡、理性，生活虽苦，却不改变心中那份执念。可处于上帝视角的我们知道，退役金永远不会到来。这是上校的生命支柱，却注定无功而返。正是将这样一个善良、正直的人置身于"把家里一切能卖的都卖了"，"多次煮石头以不让邻家知道他们已揭不开锅"的艰苦生活，而去等待一个虚无缥缈的目标，这才加深了故事的悲剧色彩。

"他们会等那批退役金至死。"奥雷里亚诺上校（出现在书中同时也是《百年孤独》重要人物）曾这么评价封建的军政府。在生命的尽头，上校终于意识到退役金已经是"小孩子的英雄主义"，他无可奈何：他终于知道一个国家，一个在内战后饱受苦难的国家，一个常年军事管制、新闻审查的国家已经不能叙写新的故事。当一次次的希望破灭，那片残酷的大地已经不再赋予他生存的权利。当死神剥夺着他的人生，上校释然了。马尔克斯正是以小说为剑，就与中国的鲁迅一般，借一个个鲜活的人物，发出一个民族的呐喊。

小说的开放式结局与《百年孤独》很有异曲同工之妙，它们都叙述了一个虽未指明、却已结局注定的故事：死亡。当这种苦难与一个民族的孤独置于一起，这便是马尔克斯的魔幻现实主义。

指导教师：陈泽曼

人间有味是清欢

——《草木春秋》阅读札记

◎邢奥琨

万古虚空，一朝风月。曾在偶然间观得汪曾祺的这样一幅字。寥寥八粒汉字铺陈纸上，便禅意顿生，静气皆出，正如他的文字。于平白中生趣，于简练中隽永。

古往今来，无数文人手中的生花妙笔蘸着月光与酒气，织就荡气回肠的锦绣文章。而汪曾祺却独行其道。他将月光赠予梨花，便有了"梨花的瓣子是月亮做的"。他把酒送给父亲，便有了"多年父子成兄弟"。于是他的笔下便只留下了洗尽铅华的寻常闲话。说"闲"也不尽然。字里行间并无鸡零狗碎的琐屑之感，更像是忠实的叙事诗，用文字拥抱最质朴的生活，因而生活也回以返璞归真的灵气。

翻开《草木春秋》便如入鸟鸣涧流之深林，褪去浮躁与功利，追随葡萄年年复始的枯荣之律，或者穿梭在胡同中向磨损的拴马桩叩问历史兴衰。文字在这里不再是装饰门面的霓裳羽衣，反倒成了一双抽丝剥茧的手，让生命与万物坦诚相待。于清静中尝尽人间百味。

语言平淡并不意味着言之无物。相反，对故乡往事看似波澜不惊的追忆却比慷慨淋漓的抒情更能引起人心中一缕"当时只道是寻常"的惆怅。怀念旧友时任何微不足道的细枝末节每每被提及都容易引发伤时感事的愁绪。长沟流月去无声，正因情感流露得悄无声息，三言两语便将心绪说尽，才显出其言外之无穷意，内敛深沉。这种能以四两拨千斤的笔力，令人不由得反复品味其中蕴藏的无限韵味。

书中虽不乏充满烟火气息的小桥流水，却也并不对诸如历史文化、生死之类的"大"事敬而远之。由泰山之雄起高大思及自身渺小，又生出对历代伟人面对泰山不同态度的思索。从老友的口述中勾勒出一个旧时代的缩影，继而引出对其经济文化、政治制度的观点。思想深刻而见解独到，发人深省又富有启发性。

"春有百花秋有月，夏有凉风冬有雪"，一朝风月稍纵即逝，而唯有万古虚空亘古长存。但春花秋月正因其短暂易逝而更弥足珍贵。汪曾祺用《草木春秋》记录下曾在自己走过的几十个春秋中消长兴衰的草木鱼虫、人事变迁，以此获得精神的充实与内心的安宁。我们何不也如此呢？用眼去看，用耳去听，用心感受，用脚丈量自己的道路，用手触摸山川湖海的心跳，在旅途中与最本真的自我相遇。

指导教师：陈泽曼

用什么去回忆一条街

◎林可涵

今年六月，盛夏如期而至。我家楼下的一条街却一夜成空。一百天后，我用文字笨拙地描摹记忆，虔诚地回忆它。

并排连着的商场、餐饮店因合同到期一齐撤走。阵仗无疑是大的，我一次次路过，一遍遍隔着橱窗看到里面空荡荡的景象，眼睛早已接收到离开的讯号，而意识却没有。它以什么方式与我告别？不是一瞬间的震惊，而是渗在我每分每秒的日常里，然后在某一刻，携着过往如云烟又如盛大电影般的记忆完全占据我的意识。那是我童年时光的有形载体。它能无声地讲述往事，重映场景。我常常对过往的自己给予一些评判，而它从不，无论是幼稚的、开心的、伤心的、郁闷的，一切的一切，它都能把所有人和事完好无损地为我保存，供我反复回味。

那里有时代的痕迹。必须承认，我与这条街的记忆是有明显分界线的。它的活力与生机好像都来自几年前，而这之后，直至今年，它都被一种麻木、沉闷的气息紧紧缠绕。我们都是时代风貌的组成部分，某种程度上互为映照。出门看看，我与它之间永远坦诚相见，从彼此身上赤裸裸地窥见时代不加掩饰的一隅。然后，我们一次次共同面对摆在眼前的事实——人的精神状态是疫情最强烈的余震，诸如此类。更为重要的，那条街带给我一种归属感。我们来到这个世界，拿的都是"单人玩家"剧本，主宰自己一个人的意识，感知自己一个人的情感。我们一直在与庞大的外界建立联系，譬如亲人、同学、朋友，这些都是与"人"的联系。天地茫茫，有人，更有物，有景。当我与这条街、与这座城市在晨光中一同醒来，一同在春夏秋冬中运行，一同搭乘时间列车迎接未知，一同感触世界的肌理，日复一日，年复一年，我们就创造了属于彼此的独家记忆，永不褪色。这是这样的一种关系？我不会说"我喜欢这条街"，因为"喜欢"是一种不稳定的情感，只要找出喜欢背后的理由并把其破坏，这种情感就消失了。这不是我想表达的关系。我们的关系是无论晴天或雨天，商店营业或休息，城市喧嚷或冷清，都永恒不变的——"我属于这里"。

那条街没有心跳，可我会在某个梦里与它重逢。

指导教师：陈泽曼

迟暮村野

◎徐天一

夜晚，充满笑声、哭声、尖叫声……

麦田是无人喝彩的舞台。曾经金黄色海洋的潮水全数退去，露出秸秆和干裂的土地。夕阳交错着星辉，广袤的大地在温暖的红色中逐渐黯淡下来。我走在田埂上，不时拾起遗在田里的麦穗，又丢掉。虽然可惜，熟透的大麦没能等到我们来的那一刻，但刈过的麦田也是独特的风景。田野开阔而不空虚，风清冽而不伤感。我把手揣在口袋里，享受着这一切。我走过鸡栅，闻到鸡栅的气味；走过冬瓜架，闻到冬瓜的气味；走过菜园，闻到各种东西与泥土的甜味混杂的气味……不知不觉，夜幕就这样悄然降临。

唯有这里的夜，是真正的夜。是远离了都市的繁华灯火，村野独自编织成的夜。天空中的点点繁星，地面上伸手不见五指的黑，路，路旁的灯……一切都那么陌生，又那么熟悉而自然，仿佛梦里曾相见……

年轻人好像大半去了城里，最近的也去了镇上，村里剩下的大多是老人和孩子。我的户主林伯和妻子住在一起。两人都是花甲的年纪。走到他们家，要从大路拐进一条小路，再拐进一条更小的路，最终在一个布满碎砖石的坡下拐进巷子。我们登门的那个上午，林伯热情地与我们招手，寒暄几句过后，就进厨房忙着料理我们的午饭去了。

林伯的那双手，像千万农民的那双手一样，包裹着尘与土，粗糙不平。

家里住着他们夫妇二人和小孙子。农忙时候，子女们或许会回家帮忙，或许不会。我并不知道。但我走进的那一刻，只感到一股来自林伯家的、袭人的暖意，暖过我们来时路上的阳光。如此质朴，如此久违。

午饭吃罢，下午没有什么事情。我于是就到处去走。走到了田埂上，看到了刘过的麦田，在那里待到了傍晚，在夜幕下慢慢走回家。

林伯在厨房切着鸡肉，看见我走进来，他用衣袖擦了擦脸，咧嘴一笑，露出微黄的牙齿，说，今晚加菜。

林伯收拾了碗筷，走进厨房。我对着门外的夜空愣了一会儿，跟了出去。

"我来吧。"我说。林伯笑着说好，然后转身出去。他的背微倾，手低垂，恭敬地向着大地，大概就像在田里时一样。他走到厅堂门口时，为跨门槛把脚抬得老高，小心地，先迈右脚，再迈左脚。实际上，那门槛比我手里的那捆筷子还略矮一些。

洗完碗后，我擦了擦额角，走进客厅。林伯和林伯母正坐在沙发上看电视。他们盘着腿，笑着，有一搭没一搭地评论着电视节目里发生的事情，说着我听不懂的语言。我拐过走廊进了楼梯间。

笑声依旧。

农村很简单，农民也很简单。可能对于他们来说，幸福只需要一座小小的瓦顶砖房，只需要一碗香气满堂的白米饭；可能只需要一二朴实能干的儿女，两三床温暖厚实的棉被；可能只需要口渴时的一壶热茶，孤单时的一个眼神、一句简短却深入心喉的问候。我回头看了看林伯和林伯母，看见的，是两个被幸福包裹着的老人。是的，幸福刻在那被土染成棕色的皮肤里，刻在每一道由岁月划成的皱纹里，刻在已相互牵系近半个世纪的手掌心里，刻在那无言的、深夜时分也饱含着阳光的笑容里……

我知道，他们会一直笑下去，直到累了，直到笑出眼泪，他们会躺下来好好睡一觉。睡前或许再拌几句嘴，抬几句杠，然后在太阳升起的那一刻一起醒来，开始全新的一天。

夜晚真安静。

日渐老去的农村，在晚霞之中发出清脆的声音，星星点点的，呜咽着，喘息着：鸡鸣、犬吠、蝉鸣、蛩响、沙沙地拂过竹林的风，以及拖拉机开进巷子里的隆隆声……它们交织在一起，日复一日，年复一年，从不缺席，一如山那边火红的夕阳，热情而温驯地融入整个世界，焕发着令人窒息的美。

指导教师：曾一鸣

婆 婆 阿 清

◎王诗琦

"你们那怎样？"远处飘来少年兴奋而热情的问候。

"我们的房间也都挺好的，就是不通风也不能开窗，因为下面做饭的时候会有黑色的炊烟蹿上来，可难受了，但不得不说，我们的户主人很亲切。"宿友如是回应道。

此话不假，正是我们接下来要居住的那座不大不小的院落给我们的第一印象。三层楼高方方正正的灰房子和一排三小间简陋的矮房之间，慵懒的猫趴在新铺设的水泥地上睡眼惺忪地晒着太阳，地上满是杂乱的禾秆，门口碎砖乱瓦旁，精力旺盛的小黑狗激动而兴奋地摇着尾巴。混着泥土味和稻香的秋风轻拂，常年生活在高楼林立的城市热岛里的我们，面对着眼前有着巨大反差的世界，迎接着即将到来的另一种灿烂生活，内心激动也有点儿迷茫，左顾右盼而不知所措。"来了来了，快把东西卸下来吧。"一个瘦小的身影唤醒了失神的我们，映入眼帘的，便是温暖微笑着，接下来七天要照顾我们饮食起居的户主——婆婆阿清。

阿清有着典型的劳动人民的烙印，在田间年复一年地弓着腰劳作压弯了她的脊背，使本就不算高的她更显瘦小。黝黑的皮肤，精实而瘦弱的身躯轻薄似纸，却给人以不动如山之感。她那皮肤紧贴着骨头的手，如广袤的乡间田地般沟壑纵横，爬满了老茧。若不是那悄然冒出的混杂交错的银丝，仅凭其由内而外的散发出的精明干练，人们丝毫不能察觉她已逾花甲的年岁。一看到我们，笑容就在她那遍是皱纹的脸上迅速化开，深陷的眼窝下洋溢着掩藏不住的热情与快乐。那声带有浓厚岭南味的略显别扭的普通话问候，一下子打消了我们内心的种种顾虑，最朴实和纯真的亲切扑面而来。

"稻子我已经收完了，我有 24 亩鱼塘，还好多田地，有果园，我们明天去果园收果子。在那边还有我的养鸡场，到时候我杀鸡给你们吃。你们在这里尽管吃，吃好睡好，我就很高兴了。"第一次吃饭前，婆婆直白而简明的一席话让我们所有人都兴奋不已。同桌吃着甜浸人心的番石榴的宿友们早已按捺不住，有的抒发着何其幸运的感慨，有的开始憧憬心旷神怡的未来，觊觎果园满载而归的畅快。"这些都是我一个人打理的。"望着我们热烈的交谈，婆婆的脸上洋溢着骄傲，写满了成就感。听到她的话，又回想起刚才提到的那些数字，我的内心不由得"咯噔"了一下，这是何其大的工作量啊，又怎可以如此轻描淡写地说出？婆婆似乎看穿了我的惊讶与疑惑，笑了："我做了好多年了，熟能生巧，做得很快的。我儿子有时也会帮下我，每天都做，总会做完的。"的确，泱泱大国，小农小家，五千年历史绵延不绝，农民功不可没。婆婆身上，无疑淋漓尽致地诠释了从古至今一脉相承的勤劳勇敢、踏实肯干的精神，而婆婆的这等毅力与坚持，却也往往正是一心只读圣贤书的我们所缺少的。接下来的几天，我们跟随着婆婆走东走西，到果园去摘洛神花。劳作一个上午，我们也就收割了几株，还一个个累得腰酸背痛。舒展身体，抬头远望，却见婆婆依旧在远处的田下劳作着，不曾停歇。挖完整整一大筐番薯后，婆婆马不停蹄，用瘦小的身躯扛着满满两大麻袋洛神花，健步如飞，一不小心就把我们远远地甩在了后头。

作为组长，为了增进与婆婆的交流，每每饭点前后，我总是硬拗着我那蹩脚却也凑合的广东话，和婆婆一起拉家常，谈天说地。婆婆也非常乐意和我们分享她的人生见解，从前村长职务的繁忙再到对耄耋之年的寡身家婆艰辛的感慨，朴实无华的语言将一切娓娓道来。如塞涅卡所说："没有比人生更艰难的艺术了，因为其他的艺术或学问，到处都有教师。"谈起那段起早贪黑，为生活奋斗的日子，婆婆早已释然，然而，轻描淡写的讲述之下，艰难困苦却也不言而喻，恰如其分地应和着饱经风霜的脸上的沧桑。面对着眼前六个处于青春期无知无畏的孩子，她一字一句地说道："你们要好好念书，好好珍惜现在的生活，对自己的爸爸妈妈好一点儿，他们很不容易，他们从未轻松过。"

我们的饭量都不是很大，餐餐的四菜一汤都享用不尽，但热情好客的婆婆却因此担心是我们吃不惯这里的饭菜。"你们来了，我都特意用的柴火做饭，煤气灶做的饭不够香，这汤是我大清早起煲了很久的，非常滋补的。"婆婆有些着急地说道。听着这番话，我想起中午回家时无意中撞见的情形：门对着最里面的屋檐下，瘦小的婆婆端着一个大大的饭锅直直地走进袅袅升起的炊烟里，在朴素而原始的矮房里烧着柴。烟雾迷蒙里，她小小的身躯忙碌地操劳着，锅铲飞舞，叮当作响，大铁锅在古老的炕上喘着粗气。门外偷看的我想去帮忙，却被烟气熏得眼眶发湿，不得不走到一旁去呼吸新鲜空气，而婆婆却依旧不为所动，直到饭菜出锅，尘埃落定。这时，我又忆起了初到时宿友的评价，突然意识到，原来，在那每每正午傍晚时所看到的炊烟里，都站着坚持为我们奉上最香甜饭菜的婆婆，真正与烟气搏斗的，不是我们的嗅觉和触觉，而是婆婆那最赤诚、最质朴、最真诚的心意。明白了这些，我不由得有些羞愧，一股暖流从心底升起。

七天太短，飞也似的跑向远方，丝毫不留情面给流连的人。不知不觉，分别的时候到了，婆婆一如既往，热情而亲切，却也难掩眼睛里的失落。"放假时可以过来玩啊，我这里随时向你们敞开。"她尽力表达着，语言依旧是那般朴实，然后不由分说地往我们每个人的手里塞了两个煮好的土鸡蛋，跟隔壁的男生争着硬要帮我们搬行李，一直跟着，直到把我们送上了车。

车开动了，她欲言又止，用力地向我们挥着手。

恍惚间，初见时的情景又在眼前闪回。

"您好，我们是华师附中的学生，接下来七天要麻烦您了，请问怎么称呼您？"

"呀，叫我婆婆或者阿清就可以了。"

亲切而爽朗的笑容在心上化开，回过神来，眼角早已微微湿润。

指导教师：曾一鸣

学农记忆

◎林湛然

　　当时光的车轮驶过从大厂到场部间的小路，我再一次提起行囊，迈上汽车，静静地靠在并不宽敞的座椅上。熟悉的景色泛在玻璃窗前，七天的学农生活还如丝似缕般在脑海中徜徉。仿佛还是熟悉的车辙，静静地蹚过金黄的晒谷场，放眼望去，阳光折射出我们初来乍到时洋溢的热忱；车轮驶过杂草丛生的小路，历经了艰辛和磨炼，浮现出我们几组人的挥汗如雨；美妙的旅程点燃了属于一班的篝火，青春的足迹中，回响起月光下的欢声笑语；如今车辙渐行渐远，留下了艰辛和欢喜，也带走了旅途的喧嚣，却让我们无法忘怀那些逝去的时光。当我们蓦然回首，一切仿佛七天前，交错的田地和树林映衬着小路，轻柔的阳光斜照过来，我们提起行囊时，那曾经青涩的模样。

　　11月4日早上，载着一车子行囊和期待的大巴终于停在了大厂一村前。走下车，抬头望去，一座四层高的小洋楼嵌入了视野。迈进宽敞宁静的院子，大厅敞开着门，叔叔在整理着汽车，热情的婆婆把我们带上了三楼的卧室。由于初二时挑战自我夏令营的魔鬼环境，我的心理预期其实较低，所以条件比我想象中要好许多。舒适的卧室，宽敞的客厅让我们户的同学成了大家口中的"幸运儿"。这户人家主要以种田赚钱，也养些鸡、鹅，但主要是给自己食用。主人们都热情朴实，七天里我们吃到了清远鸡和竹笋，也品尝了三种不同做法的鹅肉。在各种活动的间隙中，我们在这"土豪房"里互相交流沟通，空闲时写写作业，时而沉浸于齐聚一堂的欢乐，时而又能感受到属于农村生活的一份宁静。回想起来，像是一种飘忽的幸福感沁在心田。原来世界上有这么一个地方能让人的心静下来，从容地度过眼前这看似平凡的一切，没有功利和喧嚣，只有从容和惬意，感觉整个人的心气都放平了。在这里，我们共同守候了六天的日升月落，共同享用了六天的秋日静好。

当阳光将遍地的谷子染成金黄色，一群蓝袍少年们戴上草帽，有说有笑地走进了晒谷场。这也是我们活动中第一次正式接触农活。戴上手套，笨拙地提起沉重的粗尺耙，用力地将它栽进谷里碾过去，漫出了满地的金色光辉；等谷堆都变浅了，再换成细尺耙把它们铲平，勾勒出一条金色的地毯。大家一边劳动，一边分享着初来乍到时的兴奋和喜悦。燥热的空气仿佛也沉浸在了欢声笑语中，在一张张青春的脸庞前，闪烁着迷离的光点。而在不远处的大厂三村前，另一组"修路大队"已经开工，并不断地有同学去帮忙助阵。大家拿着并不熟悉的工具，或沉溺于与枯枝败叶的纠缠之中，或在繁密的丛林中意外发现鲜嫩的"美味"。挥汗如雨的脸庞上，是吃苦耐劳的可贵精神。劳动过后，回到家中互相看着对方湿透的胸膛，心中感到一阵舒坦。平日在千帆竞发的教室中齐头并进，如今在放慢的时光中同甘共苦，这宝贵的农村情结，一定不会随远去的车辙渐渐隐没，而会在所有属于附中人的记忆中飘飞萦绕。

当闪耀的灯光照亮富勤小学的舞台，全年级的几百人终于聚在了一起，共同陷入这晚只属于附中人的狂欢。依旧是地道的附中人的节目，依旧是不变的片片星海。我突然感受到了一种强烈的归属感，因为附中人就算在异乡异地，依然能够共同享有属于我们的一份情怀。无论何时何地，无论欢乐或艰辛，都有同披蓝袍的同学陪伴着我，都有可爱的老师们关怀着我，都有那挥舞的数百双手感染着我。熟悉的主持声音再次传入耳畔，歌曲、相声、戏剧各显所长；一张张熟悉的面孔走上舞台，挥舞着双手，灯光照亮每个角落。最为感慨的，当时阮级最后那句"明年再会"，虽然多少人笑着明白学农只有这一次，但匆匆三年，又有多少个流连忘返的夜晚！这一天，我不仅目睹了史上最高的"贵妃"，听到了最令人难忘的《红日》，更看到了那只属于附中人的歌舞升平，和几百颗热忱的心连在一起。时光无情，不知何时能再有这样的感动，不知何地还能有这样的归宿。

七天的经历精彩难忘，又岂是寥寥数笔可以写尽？犹记得通往飞来峡水库的十几公里长路上，"军长"的指挥调度和张老师的歌声嘹亮；也难忘那暮色深深中明亮的篝火，那烤焦的棉花糖和没熟透的番薯；又想起魏泽人高亢的歌声，黄毅进精辟的笑话，和每天晚上开心的打卡时刻；也不会忘记，这美丽的土地上，珍贵的同学情谊和永远的附中情缘。当然，遗憾未能亲自下地割一把水稻，遗憾没能早起一天见证太阳的升起，遗憾没能与热情的户主再多聊一会儿生活，更遗憾的是七天的旅程终将结束。这些遗憾，当然再无法实现，但它们也将载进时光的列车中成为过去，在多年后让我们或喜或悲地细细回味。即将返程的列车，留下了多少金色的行囊，走过了多少闪光的轨迹。七天太短，我来不及守候那窗前的日升月落，却只随斗转星移在梦境中痴痴回想，仿佛谷堆还泛着金黄色的光芒，山路还依然遥远绵长。如梦似幻的旅程里，青涩的是年华，流逝的是光阴。

在七天的旅程中，或有一束月光，照亮了回家夜路上的欢声笑语；或有一片星海，让几百双挥舞的双手无悔倾尽所有热忱；或有一幕场景，让人以为时光似乎真的可以倒流；或有一次回首，让我分不清是在现实还是梦里。车子终于到站，带走了山路里匆匆而过的喧嚣，却也将岁月的足迹悄悄地藏在了车辙中。再回首时，我一定会感激它，它给了我七天欢乐难忘的农村旅程，更赐予我一生难以割舍的一班情缘。多年后，或在我们欢乐时，或在我们悲伤时，或在我们回味时，或在我们感慨时，驶向那梦里的车轮，还会停留在岁月中，召唤着我们再次启程。

指导教师：曾一鸣

亦梦亦醒

——记 2017 清远学农

◎何璐希

　　清远的日出日落，本该是与广州的没有太大差异吧，可因为"学农"的机会，而变得与众不同起来。第一次收谷子，剥豆子，挖番薯，看星空，玩光绘……在这里的一切，无论是否如期待的那般，都是独一无二的，一辈子的回忆。最是一人一物，一草一花，在时光里画下不可泯灭的一笔。

　　农村的人们质朴的气息让仅仅相处一周的我们也产生了家人的感觉。本来想着是四人一间的小房间，来到农户家，却被热情地带进了两人一间的"一米八大床房"。在第一天阿姨带着到街上散步的时候便发现：附近村基本上每个人都是互相认识的，见面互相打招呼，问问地里的情况，若是有好的菜种也毫不犹豫地提出分享。一位环卫工人在第一天与我们打过招呼后，一周里每次见到我们都热情地招手、微笑，互相问好。洗菜、添柴、家务等工作都是在多次争取下才被允许，叔叔阿姨像疼儿女一样照顾着我们。从城里来的孩子们对自家种的菜心赞不绝口，饭桌上的菜心也从一开始的一盘变成了两大盘。即便桌上是丰富的伙食，即便我们多次劝说，户主叔叔阿姨都基本只吃前一餐剩下的，而让我们多尝尝所有好肉好菜。中午和户主阿姨聊天的时候，她看着我们六个女生，略带忧伤地说："女孩子将来不要嫁到太远去呀，不会回来看爸妈了。"其实这也不仅是一家的现象，在越来越多农村劳动人口流向城市的今天，"常回家看看"，愈发成为一种奢侈了吧。

入住的农户田基本属于自给自足，因为缺乏途径也没能将剩余的一些农产品换得一些经济收入。和研究性学习同组同伴们讨论后，我们从中间商的角度开始思考，是否有可能简化流程，或增加直接对口销售途径，真正帮助到每一户。几天下来，在和不同人的沟通中，我算是在十六年来第一次认真地讨论了"三农"有关问题。没有一个社会性的问题是可以在简单、天真的想法中直接解决的。我清楚解决问题的根本是科技水平的提高，但不能因为现阶段未有相应的突破，就不通过别的角度思考优化的可能。几十年后，当我们有较为足够的知识水平和生活经验去更客观地分析解决这些问题时，又会有多少人还在主动思考"农村"的话题？我说不好。但是真切地希望，将来努力拼搏走向社会顶层的我们，能够花些时间想想国家的根本，想想年少时的愿望。

来迟了一周的我们没能够帮农户割禾，到来的第一天便进行了收谷子的工作。几个女生尝试最高效率的人与工具组合，加快阿姨工作的效率，也是第一次见到并使用了出现在考试卷上的打谷机。临近傍晚的阳光里，天台上是一片暖色调的风景，愿风里的谷屑与尘埃，带走不快，留下的，都是充实而美好的果实。在我们的强烈要求下，跟着叔叔阿姨到田里摘过菜，挖过番薯。记得第一次挖番薯时大家分工协作：有人负责向前拨开田埂上的番薯叶，有人帮忙从土中拣出合适的番薯，有人帮忙拔去表面的根并运至袋中。"流水线"般的操作让所有人乐在其中。第二天的拉练，阿姨一早蒸了一大锅番薯让我们带一些作为午餐。下雨后再一次到番薯地里，红蚂蚁变得比之前更加猖狂，叔叔阿姨因此没让我们怎么参与进来，无奈之下只好提出帮忙把今天的菜摘回家清洗好。大概是倒数第二天的缘故吧，菜心地已经远没有第一天来时那么茂密鲜艳了，尽管暗示可以少一些青菜，可别把农户家的田吃光了，阿姨也坚持给我们提供足够多的量。那天一边摘着青菜，心里是说不出的一种愧疚感。于是偷偷少摘了一些回去，算是作为一点点的弥补。

后来天台上收了满满的豆子，晒成黄黑色的比较适合当时剥开，我们甚至动用了别家男生劳动力来一起"消灭"毛豆大军。剥豆子过程中时不时会出现虫子或虫卵，同屋的女生甚至有吓得猛地往地上一甩并附上尖叫。而当地的小朋友们见状，只是淡定地把虫子挑出来，还饶有兴致地打量一番，顺便跟我科普了一下哪些是谷虫哪些是豆虫。看着堆起的毛豆渐渐变成空的豆荚，我们欣慰地想：总算是帮阿姨分担了一些比较耗时间耗人力的农活儿了，阿姨一人工作，不知要多耗多少时间呢。在没有活儿的时候去到别家帮忙，户主们都是一样的热情友善，让我们一起参与，手把手地教我们包粽子，一起因为那些滑稽不堪的粽子而大笑。简单、纯粹的生活，让这里的人的性格中充满了爱与温暖。

华附第一年也许是最后一年的飞来峡镇拉练，没有想象中的辛苦，来回几百人走 20 公里和当晚华附大军的"屠榜"，也可展现了华附人的气势。最可惜的是没能看到完整的大坝放水使船只通过的过程。学农期间的晚上，总是充满着各样的亮点。几天的打卡同学们花样层出不穷，男生们的耿直可爱和女生们的磨皮美白，尽管在预料之中，也还是带来了数不尽的笑点。一个意外收获是学会修门锁。一天晚上门由于老化关上后无法打开，叔叔一直在窗外帮我们提意见，但因为门把生锈得严重而最终无法成功实施。最后用绳子将锁舌拉出才得以解锁。经过一个小时的"挣扎"，也明白了平时生活中观察的重要性，这种意外的收获，可能也会在未来受用吧。最后一晚不甘于"心中有篝火"的二班人自己办起了"微信晚会"，大家有趣的小节目也为即将结束的学农增添了一些色彩。因为白天是晴天，我们得以在最后一个晚上看到了梦寐以求的星空，相比起经过多次尝试用手机拍出的画面，更是满目星空来得更令人震撼，更能带来一种由心而出的满足。记得之前看过一篇文章 *Let there be dark*，的确，在一片黑暗中我们更能看到自然界吸引人之所在，更能明白那一点点纯洁的亮光是多么珍贵而富有意义。想把每一个愿望寄到遥远的星星上，看那漫天的光点散发着童话般的气息，希望未来还有足够多这样的星空。

离开的那天，阿姨倚在大门边偷偷听着大巴的声音，看到这一幕的我终究是没忍住泪水，而一直装作无所谓的阿姨，抱着我们哭得像个孩子。为了送我们离开他们没有午睡，叔叔用摩托车将行李送到路边。没能留下太多，答应了阿姨高考后会回去。岁月静好，生活还会继续，他们的小吵小闹也会伴随着日子继续。愿每一个可爱的人，都能拥有简单而幸福的人生。

十几年来，几百辆车载着华附学子来了又去。天还是那样的蓝，蓝得透亮澄澈，淡淡的云依旧传递着清凉。田野还是那样的青黄交错，映着阳光，散落着最淳朴的光芒。

最后，把自己发在朋友圈的这段话也留在学农总结里：

想做追风的少年

到田野里走得更远一点儿

喜欢村里人与人之间单纯的相处

感激农户家人般的关心

从一碟变成两大碟的菜心

午后阳光里扬起的谷

因担心我们被蚂蚁咬而不让下田的叔叔阿姨

到家后电话他们时

传来"照顾好自己，好好学习"的叮嘱

希望所有年少时的承诺

在不远的将来都会实现

会记得房间里的大蜘蛛和小蛤蟆

从大叫到友好相处

会记得意外被锁入房内

转身变成技工的你我

会记得那晚的星空

和"玩火"的二班人

第一次真正开狼

还请大佬们多多指教

只因为年轻啊

留恋天台上那独一无二的灯火

谢谢你出现在我的青春里。

指导教师：曾一鸣

稻花香里新启程

◎林　湘

　　就如同梦蝶的庄周仍沉浸在享受自由飞翔的惬意一样，我还依然陶醉在那片稻花香的余韵之中，细细品味，久久不能自已。

　　还记得，当车窗外从一幢幢高楼大厦变成了一亩亩黄灿灿的稻田，我们见到了在接下来的七天里要一起生活的叔叔和阿姨。一开始的拘谨与陌生很快就被阿姨的热情与叔叔和蔼的笑容给消除了，就这样，我们开始了丰富多彩的学农之旅。七天里，阿姨带着我们，曾走过坑坑洼洼的小山路去拔大蕉、摘红豆、挖芋头，曾沿着河边的公路到鸡鹅场去喂鸡喂鹅，曾用自制的简易鱼竿去体验钓鱼的乐趣，也曾学着用镰刀割番薯藤，用锄头挖番薯……是阿姨让我们感受到干农活儿的不易，却也实实在在地体会到劳动后收获的乐趣。

　　除了日常的劳动，生活中的点点滴滴更是令人忍俊不禁，回味无穷。忘不了第一次学着用木柴点火烧菜，学着切鱼的方法、下锅的最佳时刻以及一道菜收尾的点睛之笔，当那一道道我们自己做的菜端上饭桌时，阿姨和叔叔脸上满意的笑容便是对我们最大的肯定。忘不了每天晚上阿姨和我们秉"水果"长谈，吃着新鲜的水果，和阿姨坐在床边，聊聊以往学长学姐的来信，聊聊叔叔阿姨的日常，聊聊电视上好看的综艺节目，又聊到了明天的饭菜……记忆最深刻的便是有一天晚上我们临时起意的"小歌会"，一开始想着让阿姨开心开心，我们唱了一首流行歌，可是已经七八十岁的阿姨并没有接触过，我们突发奇想，用手机找了好多首五六十年代的军旅歌曲，没想到阿姨也是个"歌神"，高兴得一展歌喉，我们也被阿姨嘹亮的歌声感染，跟着一起大声唱。虽然歌曲的调子早被从未听过这些歌的我们带偏到九霄云外去了，但是阿姨特别开心，我们每个人的脸上也都红扑扑的，洋溢着灿烂的笑容。更忘不了那一次到小镇上赶集，我们在前面骑着自行车，阿姨骑着电动单车放慢速度跟在我们身后，时不时地提醒我们有车来了要靠边，提醒我们一个路口的到来……迎着清爽的微风，享受着暖暖的阳光，我们和阿姨一起前行，连空气中也弥漫着愉悦的芬芳。

还记得，当支教过程从学农前的讨论准备进行到来到支教的小学校门前，我们的心情突然变得有些紧张，心跳加速。尤其是得知学生人数有变，准备的小礼品很可能不够的时候，我们当时就有些不知所措了。所幸组长当机立断，马上跑到最近的文具店挑选了几本精美的本子，才解决了燃眉之急。虽然之前已经想象过很多次，但是真正站在讲台上的感觉还是非常特别，令人印象深刻。紧张？颤抖？脑子一片空白？可能都有吧，但让我记忆最深的还是学生们的眼睛，眼神里闪着求知的光芒。也正是这一双双炯炯有神的眼睛，让我顺利将我的任务进行下去，也让我们完美地完成了这次支教活动。我想，我们永远也不会忘记这些可爱的孩子们那一声声响亮的"老师"。

还记得，当天气从多云转晴，我们期待已久的联欢晚会和篝火晚会得以顺利开展，兴奋与喜悦洋溢在飞来峡的上空。联欢晚会上，各班独具特色的精彩节目，对于灯光的吐槽，还有此刻专属于高二学子的华附"星海"，压轴大礼包之教师合唱……欢呼声，喝彩声，感染了在场的每一个人。每个班的篝火晚会都别有情趣，头顶上是璀璨的星夜，脚边火焰的光影映照在每个人的脸上，心中也有着如同火焰般热烈的激情。最后的手拉手绕着篝火唱歌，更是将班上每个人的心都紧紧联系在了一起。

不曾忘记，与叔叔阿姨一起生活、劳动的乐趣，给孩子们上课的欢乐，和同学们团结一起的愉悦……也不曾忘记，叔叔阿姨临别时的那句"好好学习，好好生活"，自己选择的路还要继续走下去。学农梦醒，就让我们带着这稻花香的余韵开始我们新的征程吧。

指导教师：陈达姗

浮 生 七 日

◎王思琪

▷位置——学校正门

出 发

天还没有亮。

我拉着行李出了家门，看着眼前自己一点点接近学校的大门，却好像如平时上学一般平静。现在想想，大概是觉得太不真实，所以才格外冷静吧。

看着平时埋头学习的同学们忙忙碌碌地搬运着行李，一副副笑容就在身边绽放。处处是欢声笑语，此地便是天堂。我这才感受到学农的真实感，庆幸着有相机能记录下来这些珍贵的瞬间。只想吟一句"是爱，是暖，是希望，你们是人间的四月天"。

就这样我们坐上暂时逃离城市与现实的列车，驶向那片桃花源。

▷位置——飞来峡镇大厂一村　梁玉清家

初　见

车满载着我们的激动与期待进入了飞来峡镇，放下了几个住在厂部的同学，车开过了牛杂店、肠粉店、小卖部，渐渐仍有最后一丝城市气息的厂部也在视野中慢慢变小。行过坑坑洼洼的小路，穿过一片片农田与竹林，我们在大厂一村的村主任家门口停下。

一下车，一位衣着朴素笑容却充满能量的婆婆热情地把我们认领了。原来这位比我矮半个头的老人就是梁玉清婆婆。她亲切地拿过我们的行李，只有六岁的小妹妹也帮着我们抱行李，嘴里一直喊着："我有六个姐姐啦！"这家朴实善良的人，一下就暖了我们初来乍到对什么都很陌生的心。

没想到我们最大的挑战不是住宿条件，而是语言沟通，婆婆她们平时讲粤语，奈何班里女生没有一个是会讲粤语的。因此，后来我们每次提起这七天，都说是七天粤语速成班。

安顿好行李，婆婆端着几大盘菜就来招呼我们吃饭。仔细一看，肉菜有烧鸡、烤鸭、煎鱼，素菜是自己种的白菜、豆角，搭配煲的鸡汤或是冬瓜汤，饭后水果有木瓜、番石榴；早上吃番薯和肉包子、奶油包子，还有鸡蛋肉肠粉。我们心想，两百块的伙食费怎么都不够我们吃这么多的啊……吃的这么好也难怪我第二天发现自己皮肤好像更好了，这完全是补身养颜啊！

吃完饭，婆婆还叮嘱我们："找同学们串门啊玩开心点儿！"

干农活儿

婆婆跟我们说，家里的活早都干完了，为了让我们不会没有事干，决定带我们去摘果子。

于是第二天，大家吃完早餐后，就来到了婆婆家的田地摘洛神花。那红得娇艳欲滴的洛神花遍布园子，我们也就二话不说，拿起钳子吭哧吭哧地开始剪，不一会儿就摘满了一桶。刚开始还是轻松的，大家有说有笑地聊着天干着农活儿，颇有真正的生活的感觉。园边有班上同学经过，我们大声打着招呼，老师们也闻声赶来，和我们一起体验这农活儿之乐。

一个小时，两个小时，随着时间的推移，我们渐渐开始体会到累了。特别是用不灵活的剪刀久了，手指被磨得红肿，出的汗也早已打湿了衣服，但这都没有让我们停下。袋子中的果子越堆越高，我们心中的成就感也油然而生。

▷位置——飞来峡水利枢纽

拉　　练

一开始听到要拉练的时候，我们内心是拒绝的。想到要徒步22.4公里去远方看那水利枢纽，内心是真的很复杂。

踏上征途，一路上大家说说笑笑，唱歌拍照，似乎也并没有想象中那么困难。其实生活中也有很多困难，大家一起去解决，就会发现并没有想象当中那么艰难了。对自己，对集体有信心，是支撑着走下去的动力源泉。

午餐野炊，大家也一起围圈笑着闹着，快乐的时光就这么溜走了。

下午的回程可能是老天给我们的考验，本就泥泞的路再加上突然而至的大雨，大家走得很辛苦，但还是坚持了下来。

▷位置——飞来峡镇富勤第三小学

支　教

一开始同学说要去支教，我毫不犹豫地答应了，认真着手准备教案。没想到我们真的如愿以偿，被选中去教音乐，想来想去还是觉得《虫儿飞》这首歌适合我们这节课。在富勤第三小学给五年级孩子们上课，我们既用知识丰富了孩子们的灵魂，也第一次感受到作为老师的辛苦与责任。当我们一点点传授着关于音准、节奏的知识的同时，孩子们细微的变化最让人感到欣慰。从一开始的吵闹、不配合、不感兴趣，到后来俨然有序、积极参与的课堂氛围。很开心，看着他们的变化真的很有成就感。

第二天再次回到小学，正在上体育课的孩子们亲切的一声"老师"叫住我，这些朴实灵动的孩子们无疑给了我们这些十六七岁的哥哥姐姐一份最好的礼物。相信这段回忆会一直在我们内心最柔软的地方继续生长下去。

▷位置——飞来峡镇某条路上

篝 火 晚 会

在班主任一句"学农只有一次，玩得开心更重要"的带领下，全班跑到了一条不知叫什么的小路上，点起了篝火开始庆祝属于我们的夜晚。

婆婆给我们带了好些番薯，直接扔进火里烤。不知道是哪位同学如此聪慧，买了好多棉花糖，在燃起的篝火里一烤，味道好极了，就像此刻有身边这群最可爱的人们陪伴，心里甜滋滋的那种风味。

虽说过程有些坎坷，不小心把人家刚修的路给炸了，但一晚上每个小组的歌舞表演，黑暗之中谁也看不清谁，却那么让人安心，真的有一种不一样的风味。

夜观星象，也有几位同学饶有兴致地开始研究起如何用手机拍星空。

这是一个属于我们的夜晚。

▷位置——学校正门

梦　　醒

最后一天的早上，大家都在忙碌地收拾行李。

婆婆走来跟我们说："以后要常回来看我啊，回来玩啊，都住阿婆这里，阿婆带你们挖番薯，吃好吃的！"

我们带着不舍满口答应，却不知再次相遇遥遥无期。

停数日，辞去。此中人语云："不足为外人道也。"

既出，得其船，便扶向路，处处志之。及郡下，诣太守，说如此。太守即遣人随其往，寻向所志，遂迷，不复得路。

南阳刘子骥，高尚士也，闻之，欣然规往。未果，寻病终，后遂无问津者。

指导教师：曾一鸣

做一个不愿醒的梦

◎何非凡

从初中步入华附，耳畔便时常响起"学农"这个词，当时的我就对学农充满期待：期待着虽苦而有趣的农活儿，期待着勤劳而朴实的农村人，期待着劳累而充实的乡村生活……四年两个月四日后，我终于踏上了前往学农基地的路，做起一个不愿醒的梦。

梦里有善良、朴实的户主。打从第一天认识徐伯起，他就一直对我们关照有加。为了能让我们洗热水澡，他主动为我们腾出主人房的沐浴间，供我们使用；为了能让我们晚上洗的衣服尽快干透，他主动为我们腾出晾衣架的空间；为了能让我们九个人吃得饱，他主动分一些菜和肉给我们……在我们小组抱着热切的心情询问徐伯家的一些情况和一些农村现状时，他都滔滔不绝地讲述着，与我们交流，让我们受益匪浅。善良、朴实的徐伯让第一次在农村生活的我们少了几分生涩，多了几分亲切，让梦多了几分淳朴。

梦里有累并快乐着的我们。我们小组干完农活儿后，打听到某组同学的农活儿繁多，于是，我们常常去他们那里施以援手。他们的工作是铲平路边沙子，铲除路边杂草，简而言之"修路"。起初，我们都觉得这工作挺容易，然而当我们撸起袖子，拿起铲子干活儿时才发现，一切都没那么容易。杂草是如此之顽固，以至于我们集众人之力一起猛铲，才除去一小丛杂草；沙子是如此之多，以至于我们合力猛干半小时，才将一堆沙子铺平。工作虽然繁重，却一点儿都不乏味。我们一边工作，一边飙歌，一边交流着奇闻轶事。耗费了一天的工夫，终于做完所有工作。我双手酸软，背部酸痛，疲惫之余，心中油然而生对辛苦的修路工人的敬佩之情。不亲身经历是不能理解他们的辛苦。这次亲自参与修路，让我明白修好一条普普通通的路需要耗费多大的精力。为每一个平凡的修路工人喝彩！虽累但有趣的农活儿让梦多了几分辛劳。

梦里还有一幅美丽的乡村画卷。我站在山顶，眺望着远方。视野里，有一碧如洗的天空，天空上白云朵朵；有一望无际的湖，湖面上平滑如镜；有绿油油的小草，小草随风摇曳。一阵风吹来，带来了竹笛声和口琴声。转头一看，原来是班里同学在演奏。我张开双臂，任由秋风吹打在身体上，就这样，沐浴着凉爽的秋风，耳听悠扬的音乐，目视蔚蓝的天空，我感到由衷的惬意。这样一幅乡村画卷将永存我心中。

学农之梦，里面还有很多很多：有男女同学互助的和谐画面，有老师尬舞的爆笑场景，有静谧的乡村夜景……这一切交织出了一个美好的梦。在梦中，我感受到农村人的率真，农村环境的舒适。我愿就这么待在梦中，永不醒来……

指导教师：曾一鸣

学 农 随 笔

◎欧阳浩

　　"采菊东篱下，悠然见南山。"晋人陶渊明在冲淡平和中悠然吐纳出如此名句，又留下一些千古诗篇直至现在供学生鉴赏，不禁总是让人遐想，让人期盼，农村乡下的生活，究竟是怎样的闲云野鹤，怎样的闲情逸致，怎样的波澜不惊，对于久囿居于城市的局限中，又从未真正体验过农村生活的我来说，就更是如此了。

　　整整齐齐的农田，方方正正的鱼塘，聚簇于一处的栋栋楼房，贯穿其间的阡陌小径和隐约的田埂，又有群鸭的生机嘶吼，群鸡的四处走动啄食，一切的一切都栩栩如生，真实至每一个细节，又透着本地一方水土的气息。住处在饭馆的三楼楼上，后背马路，前往一方鱼塘，旁边有树林，有阡陌螺旋的稻田，再远望过去是几抹葱翠的远山。这地非琼楼玉宇，摩天大厦，亦非草棚陋室，只是普通一处。月夜之时，星辰静好，在露台得月较先之处，看山头吐月，一刹那清光四射，天空皎洁，四野无声，微闻犬吠鸡鸣，心随情动，一切悄然，此时若是手中持住清水一瓶，轻轻啜饮，则仿佛在刹那间忘情逍遥，一切七情六欲，尘世纷争，抛诸脑后，内心得悟暂时之空明，极尽人生情感情操之享受。又或是细雨蒙蒙之际，展望远处，若云若雾，一片弥漫，仿佛古人笔下淡雅写意的章法，若是大雨滂沱，则转为潦草狂放，一片恣肆。这样的时刻，怕是一生中也难得几回，此刻写下一些回忆，自是值得的了。

既有浪漫，有写意，有诗情，那便自然有写实了。楼下饭馆，熙熙攘攘，人来人往的时刻，客人们的谈话，虽充斥着浓厚的生活气息，只是时时传来的突兀的大喊大笑，或是如雷的几声惊吼，总不免出乎人的意料。后厨里云雾缭绕，食物香气蒸腾，炒锅发出轰然巨响，然而时不时掺杂着消毒粉的刺鼻气息和猪饲料桶的五味杂陈难以描述的味道，无疑是对味觉的丰富而强烈的刺激。有时随户主去劳作，便一定得抖擞精神，使出吃奶的劲力，撸起袖子加油干了。一条几十米长的稻谷带，将其打包成袋，看似容易，实则吃力。弯下腰，将铲子往前送，插进稻谷里，用力往上一翘，提起来，运到袋子上，将其撒下，再重复，重复，千篇一律，简直日复一日，年复一年，非得要你手上起茧，臂上酸痛，背上麻木不可。这便是劳动的味道，这便是我们学农的本职目的。

然而辛苦的劳动，也有不同的体验。收好最后一袋稻谷，已是天黑，看远山如黛，月立树梢，百袋稻谷整齐耸立在地上，此时撬开一瓶可乐，咕咚咕咚下肚，享尽清凉滋润，又有拖拉机的突突作响，伴着习习晚风送来清冷的气息，在路上奔驰。这般的享受，这般的满足，会让你的嘴角不由自主地上扬翘起，会让你的心绪飘扬。这样的单纯的快乐，人生中又能得几回？犹记得晚上回到家，在与同学们和户主的欢声笑语中，过完了这回味无穷的一日。

现在看来，所谓农村的浪漫遐想，甚至带着几分幼稚，毕竟以躬亲体验过后的视角来看，这并非农村生活的全部，而真正真实的，仍然是生活的酸甜苦辣而已。这，对每一个人来说都是如此吧。然而永远不能忘怀的，便是那七天生活里的美好、快乐、积极向上的情感，充斥心中，反而那些不快，已然在记忆中渐渐忘却，此刻随想随写，不拘小节，内心之情感，亦大抵如此了。

指导教师：曾一鸣

守 心 风 景

◎蔡礼阳

学农七天，如梦似幻，似乎什么事都没做就过去了，但又好像给我留下了什么东西，一些风景，几幅画面，被我守在了心底。我虽不是画家没有亲手创造美的力量，但我有审美的感觉和理智，因此，学农于我而言，就是一幅幅风景。

蹁跹桂花香

"莫羡三春桃与李，桂花成实向秋荣。"正逢金秋时节，淡雅玲珑的桂花开始绽放自己的生命。淡蓝色的早晨，广阔的田野上，正慢慢地散着步，忽然就被一袭花香和满眼淡黄惊了心，不禁满足地叹一声：啊，这是桂花！满树金黄馥郁的花，点缀着红叶艳丽的季节，芳香中透着丝丝甜意，秋风掠过，桂花又像一只只金黄色的蝴蝶，纷纷落下。"枝生无限月，花满自然秋。""桂子月中落，天香云外飘。"……太多赞美桂花的诗词，跃然纸上，读着诗词，渐渐就被桂花熏醉了，在这广阔的田野中，亦不知是桂花幻化成了我，还是我幻化成桂花了……

时隔数十天，写下这段文字，仿佛桂花又翩跹而来，带来那沁人心脾的花香。在我心里，那，就是最动人的风景。

窗外雨潺潺

这是学农的第四天，在经历了昨天二十公里的暴走之后，大家都有些累了，选择窝在家里，天公也十分应景地搬来了一场雨。是的，下雨了，还不算小，潺潺雨声持续了一整天。

我放下了手中的手机，轻轻舒了一口气，走到窗前，向外望去。好久没看雨的心境了，忽然想起小时候在雨中奔跑的感觉，那时的雨，不是雨，是伙伴，他让你在风帘雨幕中有种世人皆醉我独醒的成就感，进而幻想出一个顶天立地的英雄，从雨幕中走出的情景。但今天窗外下着的不是梦，是雨。惘然若失，我这是怎么了？不知什么时候开始，我厌倦了用那么诗意的眼光来看待这个世界。窗外下的，不就是雨吗？就算是再像什么东西？究其本质，不就是雨吗？

意识对客观世界的反应是能动的，而认识是从感性开始的，但这只是认识的初级阶段，要想真正认清一个事物，就必须将其上升到理性的层面，抓住它的本质。我们要用唯物主义来武装我们的头脑，崇尚科学，追求真知，这样我们才能更好地认清这个缤纷多彩的世界。

那窗外雨潺潺的风景，留在了我的心里，见证了我一点一滴的成长。

山神庙中留心愿

我们班所在的横岗村背后的大山脚下，有一座枯败的小庙，香火渐渐断了，徒留一个年迈老者和一寺绚丽秋景。

天气渐凉，在学农的第五天我踏入古庙。在这尘世的喧嚣中，这里像极了一湾宁静的海港，人烟近乎绝迹，似是掉入前世追溯的梦境。庙内，大多数物件都已披上尘沙，香案、烛台在殿内散乱四放，卧佛也斜着身子，在昏暗的室内，佛身上的金光迷蒙流转，莲在佛的身下交缠，鲜活地托起佛身。那老者就坐在殿门的门槛上，沐浴在夕阳下，手中半托着一枚小巧的木鱼。他的确是老了，半阖着眼睑，好似吐故纳新的神龟，又如寺中的老松幻化成灵，他的皮肤也像松树一般，干干皱皱的，可他的眼睛清明，跃动着生命的光。他手中的木鱼精巧雅致，反射出迷离的光晕，他以指节扣弹木鱼，其声空灵清越，如一尾红鲤，悠游于秋阳之中。他融于禅心，自成一景，我站在一旁，虽格格不入，却也将心沉静了下来，独享一片安宁之境……

或许我们都该如此，老师也常常教导我们，偶尔停下急匆匆的脚步，让心灵追上身体的脚步，静一静，想一想，思考接下来的前进方向，会比盲目向前冲有用得多。

那山神庙中迷离的风景，就像一面明镜，照清了我内心真正追求的目标，也照亮了我前进的方向。

学农已经渐远去，每个人都对学农有着独特的记忆，但我们不能留恋不前，前方还有我们的理想要去追，因此我们应该做的，就是将学农留在脑海内，守在心中。一个人的回忆总会随着时间而渐渐消逝，农村是多么广阔而美丽的一片天地啊！短短数日已回忆无穷，因此我们要努力学习，增强本领，用切实行动来保护这片天地，为每个人心中，都留守住这片独特的风景！

指导教师：陈达姗

梦　一　场

◎林思嘉

入　　睡

踏惯了坚硬的水泥地，对于刚刚踏进厚实泥土一脚深、一脚浅的感觉，我是有些恍惚的。背着大包提着小袋，随着憨厚的叔叔拐上略带坡度的小路，耳边不时传来狗吠的声音，心里有些慌张。不到一百米的距离生生被拉长，我尽力盯着沿途的房屋与小道，来缓解初到陌生地方的不安。上坡，拐弯，崎岖不平的小路使我拖着的小车发出吱呀的声音，颠簸着，终于到达我们八个人这七天的家。

我们的家是一间三层楼的房子，门前照例趴着两条看门狗，一黄一黑，黄狗温驯，黑狗性情暴躁，被叔叔用铁链拴着。楼下客厅和厨房已经混为一用，还有一间被柴火的烟熏黑的厨房，低矮的灶台上架着一口大锅，旁边一扇窗户正对着屋后的鹅棚。

上楼，楼上是两间干净的房间，每间中有两张床，刚好够我们每两个人挤一张。放下行李，铺好床铺，闲谈不过几分钟，迎来了学农的第一餐。自家的冬瓜切片，配上猪肉，虽然平常，却总有一种说不出的滋味，是泥土的味道，朴实，很久没有碰过了；另一盘是池塘里捕到的塘鱼，酱油加姜，鱼尾巴露出了盘子。我犹豫着，终于还是想着要大胆尝试，夹了一大块鱼肉，放进碗里。入口，没有意想之中的腥味，反而只有绵软的口感和酱油的咸伴着姜丝的微辣。

是乡村的味道啊，再简单不过，连一点儿装饰都显得多余。

初　　醉

这以后的时光像被按了快进键，学农时间的散漫和学校生活的紧张形成了鲜明的对比，在梦里惊醒时，已整整过去五天。

几天之中，有让我们第一次走出村子的讲座。一群三班的人，在某个点钟聚集在一起，戴上一样的草帽，路过绿得无边无际的香蕉林，在村口的交叉路口，遇上四班的另一群人。然后，开始第一次的征程。十分钟的车程，足足走了半个小时，时间漫长，是因为不熟悉，迷迷糊糊跟着前面望不到头的队伍，旁边不停变换的景色，像一幅幅印象派的油画，有笔直的白杨，有田野中的小屋，有捆扎好的竹竿，有放养的野鸭，一切陌生的景色，一点点映入脑中，刻入，铭记。

几天之中，也有长达二十公里的拉练。从没想过自己能走完二十公里的路，这种概念在脑海中从来不清晰。二十公里有多长，是接近半场马拉松，没有用警戒线拉起的跑道，只有两旁飞来峡的农村风光。不是想象中梦幻的田园风光，是最真实的农村，有随处乱倒的垃圾，有小广告、喷漆，也有开过卷起一场沙的拖拉机，还有烧过的变成炭黑的秸秆，是这片土地最丑陋的伤疤，深深如皮肤流血后结的痂，似乎又要被揭开，重新渗出鲜血。可是，又那么真实地存在着啊，有路旁开得正艳的黄花，像一只只迷你的蝴蝶缀在树上；电线穿行于天空，切割软绵绵的白云；有犁田的大黑牛，"小桥流水人家"仿佛重现于此。

几天之中，也有难忘的拔冬瓜架。路过另一户人家的小伙伴，打声招呼，继续向前走着，走着，终于在一条泥泞的路尾，叔叔停下脚步，拿起镰刀，砍断绳子，数十个人开始拆冬瓜架，竹竿一根根被拔起，擦在沟里，由最初的高变为平，露出土地本来的面目。

梦　　醒

走之前一夜的篝火晚会，一下子敲醒了我们这些沉醉于乡村闲适的心。不顾形象地跳舞、放歌，展现出从未在学校里露出的一面。多么放肆啊！不管不顾，想给这片土地留下属于自己的印记。

星星那么美，离别在即。

一梦七日。

指导教师：陈达姗

十里稻香一场梦

◎陆浩铭

直到乘上学校大巴，从乡间小路抵达中山大道西的那一刻，我才恍然意识到，七天的学农生活已经随着中午康叔叔煮饭时烟囱冒出的炊烟消逝在时间之河里了。无论是开始还是结束，一切是那么的不经意，仿佛是一场缥缈的梦，稍纵即逝像初开的昙花，吸引着为学业忙碌的学子奔跑追逐，给紧张的生活让出一方心灵的栖息地。站在时间之河的一岸，我愿撑一支长篙，向青草更青处漫溯，寻彼岸一场十里西畴熟稻香的梦。

梦　起

让记忆在脑海中驰骋，雪泥鸿爪渐渐显现，我追溯起梦的缘始。姚校长的一声发令枪响，揭开了七天学农生活的序幕。我们背起背包，提起行囊，登上了前往清远的大巴，开始了我们为期七天的学农生活。看着窗外向我们挥手说再见的校长和老师，凝望着逐渐消失在视野的校园，我不禁憧憬着未来的七天。先把繁重的作业放在一边，扛起锄头走下田地的生活会是怎样一番风景？车水马龙的城市和安详静谧的乡村会有怎样的天壤之别？农户家又会养着哪些可爱的小动物？逸兴遄飞，我跟随着思绪，沉浸在无限想象的喜悦之中。眼见着大巴逐渐靠近目的地，我们安顿好情绪，收拾好随身物品，准备走下大巴，奔向我们梦想中的神秘之境。

梦　时

十三号大巴较其他大巴先出发，不一会儿我们就抵达了目的地，比其他同学快了个十几分钟。我们提起大包小包，走向了农户家。阿姨早已在门口迎接着我们的到来，看到我们满脸通红的笑容，阿姨热情地给我们带路，指引我们把行李放下，又带我们参观了一下睡觉与活动的房间。阿姨一家的房子很宽敞明亮，让人怀疑不像农村的房子。与我老家潮汕地区的水泥瓦房不同，这里的房子用红砖搭建，别有一番特色与趣味。为我们准备的床是用红木板搭在铁床上的，简朴但干净。房间里还有沙发，让我们不禁感慨阿姨为我们考虑得真周到。来到客厅，康叔叔已经回来为我们准备好了午餐。考虑到我们长途奔波，康叔叔并没有准备大鱼大肉，午餐简单但美味。康叔叔一家真是有心人。

吃完午餐小憩之后，当天下午我们乘上康叔叔的拖拉机，一路颠簸着来到了一片小树林。我们帮康阿姨把砍下来的木柴搬到拖拉机上，这虽然是个力气活儿但同样讲究技巧。几分钟的观摩学习，我们掌握了高效率的搬柴方法，不一会儿就完成了任务。西斜的夕阳将每个人的脸颊映得通红，我们虽然感到周身劳累，但快活着。搬完柴，我们踏步走进田野。这个季节，这片田野早已收割完毕，只留下光秃秃的秸秆。抬头一瞥，湛蓝的天隅抹着几片洁白的云，天朗气清，让人感到身心舒畅。

第一天的学农生活便如此落幕了。接下来的几天亦是精彩纷呈。我们经历了有史以来步数最多的长途拉练，欣赏着才艺缤纷的学农晚会，最令人难忘的是第六天的篝火晚会。熊熊火光温暖了凉爽的秋日，我们围绕着篝火载歌载舞，将几天来的疲惫抛至九霄云外。火星儿被膨胀的空气吹起，扶摇直上，化成夜空中的璀璨星河，映亮了大家的脸庞，为七天的学农生活留下浓墨重彩的绚烂一笔。

梦　　终

篝火晚会的那天晚上，我们同户七人做了这一生最冒险的决定——把被子搬到天台上睡觉。我们躺在地上，用肉眼极力张望着星空，识别着那猎户座、天仙座、御夫座，任由着那点点星光洒落在身上。一早醒来，雾气将全身打湿，我们看到了七天以来为数不多的一次日出。朝霞将天幕染成酡红，一轮红日从东方的地平线升起。我们心中满是兴奋与激动。

人们说，梦总是要结束的，我们陶醉在惬意的学农生活中，不知不觉已经走到尾声。当天中午我们吃完了康叔叔一家为我们煮的最后一次饭，收拾好行李，登上了回校的大巴。跟康叔叔作别的时候我们非常不舍，用力地挥舞着手臂，深知这一次告别可能就是诀别。回到学校，收拾行囊，一切恢复如初。当天晚上大家都恋恋不舍，回忆着过去无忧无虑的七天，感叹道：梦醒了，可是人还没醒。

满载一船星辉，在星辉斑斓里放歌。我们带着满满的收获回到了校园，任回忆在学农生活中流连徘徊。人们常说，只有失去了才会懂得珍惜。放眼现在，我将这份记忆藏在心匣中，挥一挥衣袖，作别学农七天的云彩。十里稻香，魂牵梦萦。

指导教师：陈达姗

学 农 纪 行

◎罗曼李娜

明经治学为风，躬耕农事为草。风起青萍之末，见负于莽草蓬蒿。夫稼，为之者人也，人皆仰其给养。故习农者，习人自给自足之法也。君子欲自养，则需通田间农事，何来君子远庖厨也？君子欲自达，则需赏山水之情，何来一心圣贤书也？纵观高中三年，囊括其二者，唯清远学农是也。

时维霜降，蛰虫未俯。周天寒彻，草木黄落。漫步荒径，可见风云往还，古木，奇藤，修篁，盘郁有生气。其山川之秀美，乃鄙人生平所仅见。伫立四顾，顿生怜羡之情。遂携同舍子洒扫庭院，体味隐者之乐。

玄石葬荒丘，瓠瓢闲寄枝。屋前潦水，不寄附舟一叶。屋前幽篁，可奏中散之琴。日躬刈秋麦，偶闻秋木转黄莺。暮下董生帏，常叹东壁鸣促织。舞水袖之曲，翩若惊鸿，矫若游龙，衣袂翻飞而不止。歌大鱼之章昆山玉碎，芙蓉泣露，绕梁三日而不绝。歌舞既献于民，仍激越而不眠。高歌天台，见清天如水，长诵一句，一天星斗，尽在胸中矣。遥见寒潭，崖岩万叠，茅居川观，无事寄于心。

既归床榻，俄而寂然，灯烛无光，不闻人言，夜之漫漫，鹍旦不鸣，则山中之民，有大音声起，天地为之钟鼓，神人为之波涛矣。忽觉浮生若梦，辽水千年，山川城郭是耶非。又欲金榜留名，剑阁题词，赤车驷马骋骀引。心乱如麻，恍然见东方吐白，遂乘不周而归。至聚清园，恍恍如隔世，更念学农之乐也。

　　学农之乐，乐于南山寄傲，亦乐于农事田畴。若欲为纪行，则一言以蔽之：以山为纸，书画琳琅于青笺。以水为墨，心自遨游在黛峦。

指导教师：马　芸

他 们 说

◎庄炘璇

农村对于我来说并不陌生。我的祖辈是地地道道的农民。爸爸最爱和我絮絮叨叨的，就是他小时候辛苦的劳作和丰富有趣的田间生活。每次回到老家，爸爸总会指着家门口的两亩三分地感叹道："我们家的地呀，久来没人种啊，水利土质什么的，都完啦。"是啊，有地，可惜没人种。

这次学农到了清远的鱼龙岭，一个在电子地图上空白到只剩三个字的地方。我不得不感叹，这儿的乡间美景，另有一番风味，比我的家乡有过之而无不及。水稻收割后田里干旱枯黄，伴着秋日特有的干燥之感。鸡犬之声溢满每一条小径，野花点缀每一寸土地。我想若不是我们的到来，这儿的一切，都会永远如此宁静。

我很是羡慕这里的田，有人耕作，有人精心照顾，能结满满的稻子，富有生气。现在城市化速度太快，农村人口滚滚外流，也不知道多少乡村的田地沦为和我家乡一样，贫瘠、龟裂、无用。一望无际的稻田在丰收的季节里该是多美啊，这次没有亲眼所见甚是可惜。户主阿姨站在田间，骄傲地指着最远的那条分界线，幸福地告诉我们："看，这些地，都是我的啊。"那一刻，我仿佛在她身上看到了劳动人民的光辉，那么可爱，那么亲切。

后来，在回去的路上，我记得，阿姨她又指着对面的三层楼房，神秘地说："看，这其实也是我家的楼，但是租给别人啦。"

我也记得，一日烧烤，我路过别家农户，一个村里的领导刚好在做客，见到了我们便开始感叹，他说："你们真好，自小长在大城市里，地值钱，会读书。我们啊，就剩下把老骨头在这里，是有房，是有地，甚至有车，但……但就是没钱啊。"我一怔，尴尬地拉开嘴角，一时无言。

我还记得，小时候爷爷有一次身体不好，爱站在自家的地前抱怨："你们年轻人都去大城市了，我就老了，这些种不了的地，还有这间偌大的空房，又还有什么意义呢？"是啊，也不知从何时开始，种田的人一下子就少了，一年总是不如一年。

他们说，他们都这么说。农村是美，空气是好，但是有渐渐荒芜了的地，还有不会种地、不愿像父母一样辛苦劳作的年轻人；有空荡荡又不值钱的房，还有身影一日一日佝偻、身体一日一日不佳的老人，不知还能应付农忙到哪一年。有时，一切不是我们看到的那样简单那样好，空气清新的农村仿佛已经空荡荡了，不再年轻；当然有时，一切也不是我们看到的那样坏，比如这一块地方来日被长隆收购以后，一切都会翻天覆地地变吧。

但是，我想，这儿，鱼龙岭，我们的农村，需要一个看得见、摸得着的未来，需要一个能发展的方式，而不是一个仅有外在皮相实为空壳的模样。年轻人不会种田了怎么办？种了的田只能自给自足、劳作一年也鲜有收入又怎么是好？依靠烧秸秆来换取肥料使得空气越来越糟是最正确的选择吗？……我想，对于这些，我们有很多要思考，有很多要去做，也还有很长很长的路得走。

我对自己说，我们只在这儿住了七天，却不知当年爸爸在乡下种了多少田、读了多少书才奋斗到今日，才让我能站在这样的起点。对于这一点，我实在不知如何言谢。

谢谢那些属于农民们的善良心地、真诚相待与淳朴言语。这片土地，以及他们说的，我都会记住。

指导教师：马　芸

踏上"归途"

——读《荒野之旅》有感

◎李俊毅

温煦的晨风掠过原野，溪边一枚蒲公英种子扭了扭腰，迎着天际缕缕灿烂的日光腾空而起，飞过鸟儿欢唱的树梢、越过村庄高耸的烟囱，落至路旁的栅栏下。很多人喜欢用蒲公英种子的旅途比喻人生，我不以为然：蒲公英种子无法感受流水潺潺、鸟鸣婉转，无法让心灵与其赋予彼此独特而斑斓的色彩，亦无法选择自己的归宿——而人可以做到。怀拥选择的权利，我们应以何种姿态踏上属于自己的旅途？

此游记的作者杨世泰夫妇，两位徒步爱好者，用他们的旅途向我暗示了谜底：借其之眼，我见冰岛环岛公路旁废墟荒凉，我见阿尔卑斯山脉上白雪皑皑，我见他们遍历世界却选择将自己最后的徒步旅行献给故乡的山路。

此时，我心头仍满积疑问——首先，他们因何缘由踏上旅途？

答案是显然的：不需要理由。徒步对于作者"就像回家后会换上拖鞋、打开冰箱一样稀松平常"。恰似你我：我们踏上人生的旅途，没有别的理由，只是因为我们活着——这倒是与蒲公英相似的。

但关键在第二个问题——他们旅途的意义在何？要问我自己去旅行的意义，或许我会说：为了增长见识。而书中称："旅行是一个折返的过程，从内心走到户外，再从户外返回内心。无论在山径、公路或铁道，无论在旷野、都市或人群，我们其实一直都在寻找心的影子。"我初读词句，认为其高深晦涩、故弄玄虚。直到我读到林清玄说"人生的最大意义不在奔赴某一目的，而是在承担每个过程"，才豁然开朗而发觉三者之统一：所谓"某一目的"便是我"增长见识"之念想，所谓"每个过程"便是"走向户外"、看看远方未曾见的斑斓的风景，然"过程"与"目的"并非毫无联系，其间桥梁便是"返回内心"。人生当世，我们无不要踏上旅途，有些人追随着"考上名牌大学""找到好工作""养家糊口"等种种目的不停奔波，这些目的好似其渴望触及的星光。然而当他们顺着那隐约的璀璨跑过丘壑、穿过城市，最终抵达他们认为距离星星无限近的地方时，合上又打开他们的人生之书，往往恍然发觉最为熠熠生辉的篇章，不仅是结尾，而是奔跑、追逐的过程，是被他们遗忘、错过的路旁风景：于野花丛上起舞的盈着光晕的萤火虫，抑或是街头巷尾的人间烟火气。只可惜他们已遗忘来时的路，再不能有机会重临彼时，问问自己的内心是否曾经向往。蒲公英，它们旅途的唯一意义便是繁衍。而这蒲公英般的人生，是否亦是一种迷途。"生命是一场对话的旅途，与自己对话，与周遭对话，与世界对话"，而他们错过了世界，亦错过了自己。

我们启程是为了踏上归途，看遍了世界，才窥见自己：而每个人都是这点的鲜活例子。相信你我在上幼儿园，或初升小学时，都曾被问过："你长大要做什么呀?"小孩子们不假思索地回答："当警察、当医生!"可当被问及个中缘由，他们便又支支吾吾、抓耳挠腮了——他们中的绝大多数也不会成为警察、医生，他们尚未走过远方的路，心中尚未留下风光，不了解自己，何谈自我价值。与之相对，陶渊明年少初入官场时亦曾怀"大济苍生"之壮志，然离家三十年，他见东晋政治腐败、见官僚尔虞我诈，他询问内心是否向往当下的境况，最终认清自己，发觉"世与我而相违""饥冻虽切，违己交病"，眼下"深愧平生之志"，更况"富贵非吾愿，帝乡不可期"，便惟愿辞官归隐、躬耕田园，保留一份精神的自由。

回到书本本身，作者旅途的意义逐渐浮显：他们通过旅行与自然对话，与旅途中遇到的形形色色的人物、种种不同的观点对话，最终踏上心灵的归途，不断更新自己看待生命和生活的方式。旅途有目不暇接之繁，我们以此充盈内心；旅途亦有与世相隔之静，我们于此在大千世界中看见如尘土般渺小的自己，与自己牵挂之物。在归途上认识自己，我们方能活成自己，寻觅独属自己的平凡幸福。

"我理解了流浪与旅行的不同：流浪的人没有家，或者无法回家；但旅人终究会返回有牵挂的地方，无论中途去了哪里，最后的一段旅程永远是折返，回到心灵的归宿、回到最初的起点。"

如雨水连绵不断、奔流不息。

"清明时节雨纷纷。"这使我颇自豪于自己是一朵诞生于清明的雨云。

然而，我再如何如何，也只是一朵雨云：前辈告诉过我，哪怕争奇斗艳的花朵，终会于隆冬散去芬芳；哪怕恣意长鸣的夏蝉，终会于悲叹坠落凋亡；哪怕晶莹夺目的凝露，终会于日光消弭无声。何况我们只是一朵云，孱弱无力的身形随时都面临消亡——甚至，没有什么会为我们的逝去而惋惜，毕竟谁不喜欢一个雨过天晴的好结局呢？

高空之上，不会有鸟儿与我做伴：我只有万千的子嗣，万千的泪水。

泪痕随着蜿蜒的交通线，向山峦延展；无色的水连颜料都做不成，只能让这座城覆上忧郁的朦胧，勉强作我曾存在、亦将逝去的证明。炫目的霓虹灯、尖啸般的鸣笛、熙熙攘攘的街道，城里的纷繁与喧嚣从不应属于一朵即将消逝的雨云，索性便随着一家子人向城郊飘去。凝望着驶向如随呼吸而起伏的胸膛般的丘陵，凝望着荔枝林间拔地而起的小平层房顶，凝望着好似贪婪地吸纳着我忧思的、错落有致的水塘，我便知道他们是回乡祭祖来了——毕竟是清明是逝去者的节日，是糅杂着思念、忧惧、怅惘的日子。如是，心头的酸便翻得更狠了，思绪化作银针般的冰晶，同我渐骤的雨丝一道下坠、下坠，直至刺入这亘古无言的土地，与枯叶、泥沙一起埋没那乡间盘曲的小径。

人们自然是被阻滞了，撑着绚丽的花伞。披着在风中摇曳的塑料雨衣，他们望向天际，目光应正是射向我那倒映着他们面庞的瞳孔，诱得我有几分自责。"事不关己，事不关己！"我嘀咕着。毕竟我们相隔如此遥远，甚至看不清他们的眼角是否也带着泪水——可若是世人亦在落泪，泪水中流淌的是同我相仿的苦涩吗？

纠结着，踟蹰着，当眼角将干涸时，我便知道时间不多了。若是人类，泪水流干，身前或许还会有新的开始。可我是一朵雨云，泪水流尽，最后一缕气息便也散尽了。倒也还是人类乐意看此番光景，折下根老树枝便携手上山了，我也早受了这被憎恶的命，只远远听得湿落叶被踩得沙沙作响，远远听得几声……笑声？

不一会儿，袅袅的青烟升腾起来了，应是开始焚香了吧。雨水化作我最后的双眼，使我得以再度向下张望，却见年幼的孩子只拿着香满山头跑，瞧见空位便将自己（或许）深切的思念往土地里送；年长者则托着些供品，往遮蔽处一送，便又寻着闲暇稍作攀谈。被打湿的火堆在人群间相传递的伞下，再度雀跃的火星儿；被冲刷的碑文被沾上红墨水的毛笔再度书写得熠熠生辉。我无力再言语、近乎无力再思考，只是注视着，听着一副副带着感恩的笑颜、一声声载着希冀的鞭炮响。

清明一定是痛苦与哀伤的节日吗？流泪寄寓着真情，若世上真有在天之灵，他们会忍心让自己至亲至爱的在世者落泪吗？我虽是终将消散的云雾，然而此时若我见我的子嗣发出一瓦电、浇灌一朵花，或只是平静地随着江河被拥入海洋，我也会会心一笑吧。眼前的家庭正拥抱幸福的生活、拥有光明开阔的未来，会有无数崭新的故事被书写。无数的情愫在生者与生者、生者与逝者间传达。而这份故事、这份情愫、这缕美好、这缕爱……

指导教师：陈达姗

寻一朵假花

——追忆研学活动

◎李俊毅

　　黑板、桌椅、门窗仍是同一个型号的，熟悉的晚风于其间匆匆掠过，仍同往日一般低声诉说着她的心绪——我尝试着如此安慰自己，可或许是"找不同"的游戏玩多了吧，置身于此，总是由那变了色的挂钟、换了布局的公告板、身边一副一副我支支吾吾道不出名字的面孔先一步撩动我眼角的睫毛。我并非不对崭新的未来抱有隐隐的雀跃与期待，相反地，当我得知分班结果时，眼里那碍着我出门的乌云灰得也是如此高级与别致，诱得左胸口奏起"怦怦"的旋律。只是，立于人生的又一个十字路口，比起向前奔赴新回忆的创造，我还是忍不住每每回头回味过往的枚枚笑颜——往好了说是念旧，本质还是怯懦。因而当我在这正式上课的前一夜，望着学校，望着这仍带着几分陌生的课室被余晖镀上金黄，再一寸一寸沉进这混沌的墨蓝色的夜里时，我还是回想起去年11月的那个傍晚，便不由得出了课室，试寻半捧落花。

　　时值深秋午后，大巴在广州郊外那在田垄上安闲地氤氲着的丰收气息间穿梭，熏得满车饱餐过后的孩子带了些恹恹欲睡。然青春期的你我总是难以闲下来，当双脚沾上了地面，便似接入了回路，当在湖面吻过波光的微风自远处窜来掠过发梢，又似通上了电，只迎着温煦的秋光，就又能抛下忧虑奔跑起来、蹦跳起来，捡了飞盘便会舞，拾了粗绳又想起来拔河，要是累了，便用胳膊或衣领揩一把汗津津的额角，抑或率性将腰身一松、双手一挥、向后一仰，又躺在了松软而湿润的草地上：微合双眼，又觉自己是卧在一只毛茸茸的大猫上，随它在广阔的天地，无垠的草原上漫步，浸没于欢畅喧嚣，亦沉醉于欲往何处便往何处的恣意。帐篷下，几个同学捧着书、塞着耳机，却只是一个劲儿地跟身侧的同伴从今天的午饭聊到小学某个余味尚存的夏天，好似脸颊上的笑意也能如记忆里那个午后的太阳一般，一辈子不落下。躺在地上的某位同学终于坐起了身，透过蒙眬的双眼仿佛看见平日奔淌不息的时间正为自己停驻，揉揉眼睛，才发觉是三两大人笑而不语。

待到终于发现天际云彩不知何时红了脸，正挥手道别，我才行离了某个静谧的纳凉处，在烧烤架边模仿几位娴熟的工作人员夹起了几块肉，涂上了几刷子油。在"滋滋"的冒油声中、在带着焦香烟气的朦胧里，忽然想不起自己是将那烤好的鸡翅递给了同学，再回头听了听众人的欢歌，抑或将某抹沸腾自己咽了下去。太阳的离去好像来得很缓，可它终究是离去了。漫步过人群、漫步过纷繁，我在无人的角落看见了满地曳着星光的花儿，便躬身一朵一朵捡拾，试着感受那绚烂的粉色再一次于指尖流淌，却只觉双腿颤巍巍地直发软。

"你在做什么呀？"只当宛如旧友的风将手搭上我肩，才见教学楼已全浸在了黏重的黑夜里，缥缈的灯光同死鱼的眼一般恍惚。我开口想对这夜色答出所思，却只觉自己断断续续的诉说好似一个在凌晨惊醒的人正回想无言的梦。

"可那天场地里不全是人造的假花吗？"

是吗？那里不是有花朵在晚风里飘旋？不是有草甸向天际绵延？我眼前光景不正较阳光更温暖、较流风更柔和、较湖水更广博、较树林更深邃？我不正流连忘返？此不是我梦寐以求的？不安！混乱！

终于，我再摩挲掌心的花，花瓣如纱布般粗糙、花茎是塑料的僵硬：那真确是假花。

我终看见了梦里的自己在何处：我始终逃避着走向我自认为向往、追逐着的人潮吧。我一步一步拾着落花，一路好似满心欢喜，可我真拾着花了吗？还是只拾了盲目、贪婪或满脚掌的冰寒呢？不愿离群又不敢走近的我，醒来之后又怎找到自己应在何处呢？我开始畏惧，畏惧失去幸福，更畏惧未曾拥有幸福：畏惧一切都是镜花水月，便会将每一步走得如履薄冰。

星星底下，过去的我陪我一齐踟蹰。

"玩得开心吗？就是不管怎样也还是得回去了……"

"晚自习快开始了，进教室吧。"

伫立着、听着，我看向掌中的花：难道它就不美吗？答案是否定的。假花虽假，其给我美的感受，我对美不息的向往何不是那在梦里唤着我的、真实的晨光？或许，只要还在路上，不论朝向方向，纵使一朝分离，再认不出那花的模样，挨过困阻、失意、怅惘、迷茫，总有一日会与美好再不期而遇。

我醒着吗？还是仍深眠着？只是知道，该向他处走去了。

指导教师：陈达姗